どん底令嬢の取り違えお見合い騒動、からの結婚♡

Sakura Mashita
真下咲良

JN077094

Honey Novel

Illustration

KRN

CONTENTS

どん底令嬢の取り違えお見合い騒動、からの結婚♡

Honey Novel

延々と続く石壁に沿って、辻《つじ》馬車が車輪の音を響かせて走っている。外を確認しているのか、薄汚れた窓には時折、若い娘の顔が映った。

ダークブロンドの髪はふんわり結い上げられ、白のレースリボンがあしらわれている。薄化粧を施した顔は愛らしい。

だが、口元は固く引き締められ、濃褐色の瞳もどこか不安げだ。顔色が悪いように見えるのは、緊張しているからだ。

「ここで停《と》めてください」

バード男爵家のフィオナは、裏門口の案内板を目にして慌てて御者に声をかけた。

「えっ？　いいんですかい？」

辻馬車の御者は、フィオナを乗せてから終始怪訝《けげん》な顔していた。貴族の令嬢がひとりで辻馬車に乗るのが不可解だったのだ。今もなぜここで？　と首を傾《かし》げている。

「表口門はかなり先ですが」

「裏口門から入ります」

「あー…、さようですかい」

理由がわかった御者は、手綱を引いてゆるゆると裏口門の少し手前で辻馬車を停めた。門前に停めなかったのは御者なりの気遣いだろう。御者台から飛び降り、踏み台を置いて扉を開けた。

「ありがとう」

御者の憐《あわ》れむような視線に情けなくなる。フィオナは気づかないふりをして、邸《やしき》の老執事ジャンに教えられたとおり、御者が差し出す箱に料金を入れ、結い上げた髪がぶつからないよう手を借りて辻馬車を降りる。

王宮に来るのも辻馬車に乗るのも初めてだ。御者への支払い方も知らなかったし、ジャンに辻馬車を拾ってもらわなかったら、捕まえることもできなかっただろう。

ひとりで乗るのは心細かった。誰か一緒に来てほしかった。だが、供をしてくれる侍女はいないし、ジャンには邸にいてもらわなければならない事情があった。

辻馬車が走り去っていき、フィオナはやっと肩の力を抜いた。辻馬車に乗っている間、目的の場所に着くのか不安でたまらなかったのだ。

「辻馬車って狭いし、揺れが酷《ひど》くてお尻が痛くなるのね」

それも初めて知った。

「邸に馬車はないんだもの。しかたがないわ。それもこれもすべて…」

フィオナは次の言葉を呑《の》み込んだ。ここで文句を言っても相手に届きはしないのだ。

裏口門に目をやると、緊張が高まって武者震いする。辻馬車に乗っただけで疲れ切ってしまったが、本当の目的はこれからなのだ。

本心を言えばこのまま帰りたい。しかし、怖気《おじけ》づいてはいられなかった。フィオナは進退窮まっていたのだ。

大丈夫、と自分に言い聞かせ、汚れないよう薄桃色のドレスの裾を持ち上げ、目的の場所であるハニーガーデンの裏口門へと向かう。

オルタナ王宮の広大な庭。その一角に造られたハニーガーデンは、小道で仕切られた小庭がいくつもある。小庭ごとに種類の違う花が植えられている変わった趣のガーデンだ。アジサイやコデマリや沈丁花《じんちょうげ》などの低木と、蔓《つる》植物の絡まったトレリスで人目を避けられるので、貴族の見合いの場として開放されている。

フィオナがハニーガーデンに来たのは、まさに、見合いをするためだった。ハニーガーデンでのお見合いは、貴族の令嬢にとっては晴れがましいことで、表口門に着けた馬車から着飾った姿で降りるのがステータスになっている。

フィオナだって表口門から入ればいいのだが、辻馬車で乗りつける勇気はない。周りから好奇な目で見られたくないのだ。案の定、辻馬車を降りて歩いてやってきたフィオナを、裏口門の門番は不審に思ったようだ。

フィオナはおずおずと鉄の格子扉に近づいた。

「今日、お約束しているのですが…」

緊張がさらに高まって、声がひっくり返る。

「お名前をお伺いしても」

気持ちが張りつめて名乗ることも忘れていた。

「あっ、バード男爵家のフィオナです」

ドキドキしながら男爵家の紋章を模《かたど》ったブローチを見せる。

「これは大変失礼いたしました。こちらからお入りになられる方は少のうございますもので」

顔が赤らんでくる。居たたまれなかった。

門番は扉を開けると、懐から紙を取り出して広げた。

「フィオナ・バード様でいらっしゃいますね。確かに承っております。裏口門には案内の者がおりませんので、道順をご説明します。フィオナ様のお庭は、この小道をお進みになり左に折れていただきますと――」

説明が終わると、フィオナは礼を言って門番が示した方へ足早に向かう。恥ずかしくて一刻も早く門番から離れたかったのだ。

「左に折れてしばらく行くと五辻に出て、アイアンの道標《みちしるべ》のある右手に進むように言っていたかしら。それから…」

聞いたはずなのにうろ覚えだ。見渡そうにも、所々高くなっている木々に視界を遮られて確認できない。

きょろきょろしながら歩いていくと、小道が交差する場所が見えてくる。道標もあった。安堵《あんど》すると、別の小道からフィオナの行く手を阻むように、四人の侍女を従えたどこかの令嬢が現れ、フィオナは足を止めた。

鮮やかな朱色のドレスを纏《まと》った金髪の令嬢は、緑の生け垣の中でひときわ映えている。要所を大振りの宝石で飾っていて、派手なのに下品とまではいかない絶妙さだ。

あんなふうに装えば華やかになるのね。まるで大輪の薔薇《ばら》のよう。

見とれていると、令嬢はフィオナにちらりと視線を送り、くすっと笑った。

フィオナが身に着けてきた薄桃色のドレスは、刺繡《ししゅう》もなくドレープも少ない。自分で結った髪はレースを編み込んでみたものの、今風とは言えない。宝飾品も小粒な石ばかり選んでしまった。

飾り気がなさすぎたかも。もう少し着飾ってくればよかったかしら。

フィオナは令嬢たちに遠慮して道を譲った。そのため、集団の後をお供のようについていく形になる。

「ねぇねぇ、あの方、後つけてくるわよ」

「ひとりでお見合いに来るなんてね」

令嬢の侍女たちは、ちらちらと後ろを振り返って忍び笑いする。

たまたま方向が一緒なだけなのに。

侍女たちの態度は気分が悪く、道を譲らなければよかったと後悔する。叱らない令嬢も主《あるじ》としてどうかと思う。

しかし、言い返す気はなかった。こんな場所で揉《も》めたり喧嘩《けんか》したりしたくない。

侍女たちの忍び笑いが大きくなったからか、令嬢が足を止めて振り返った。

「私に何か用なの？」

侍女たちの無礼をわかっていて放置していたようだ。気位が高い人だと判断したフィオナは、内心苦々しく思いながら、いいえ、と頭を振った。

「この先の庭に用があって」

小道の先は二股に分かれている。右に行くと薔薇の庭、左に行くとビオラの庭だ。

「ああ、あなたは左に行くのね」

「いいえ、右の庭に行きます」

「右には庭はひとつしかないのよ」

「はい、薔薇の庭です」

「言われなくても知っているわ」

令嬢はつんと澄まして答え、冷めた表情でフィオナを見る。その視線にフィオナは尻込みしそうになる。令嬢のしゃべり方や視線が、自分の母そっくりだったのだ。

「あなたどこの方なの？　まずは名乗りなさいよ」

「バード男爵家のフィオナと申します」

話しかけたのはそちらではないかと腹立たしく思っても、こういう相手には素直に答えた方がいい。

「バード男爵家？　聞いたこともないわね。夜会で見かけたこともないし、あなたたちは？」

令嬢の問いに、お供の侍女たちは口々に知らないと答える。

「そうよねぇ。あなた、お見合いで初めて王宮に来たのかしら」

はい、と頷《うなず》くと令嬢は笑い出した。

「ねぇ、自分が薔薇の庭でお見合いだなんて言うつもりじゃないでしょうね。冗談はやめてちょうだい」

「冗談だなんてそんな……」

「私に貧相なビオラの庭へ行けというの？」

「でも……」

「私を誰だと思っているの」

名乗っていないのだから知る由もない。

「このお方は、レブン伯爵家のアンナ様でいらっしゃいます！」

侍女が誇らしげに主の名を告げると、アンナはしたり顔になった。

下位貴族のバード男爵家と違い、レブン伯爵家の名はフィオナも知っている。上位貴族の中でも大家だ。

「私は薔薇の…」

フィオナは言うのを途中でやめた。アンナの口元と指先の些細《ささい》な動きで彼女の苛立《いらだ》ちを読み、ここは口を噤《つぐ》んでいた方がいいと判断したのだ。

「受付の間違いに決まっているでしょ。私のお相手はビオラの庭なんか選ぶはずないのよ」

薔薇の庭はハニーガーデンで最も豪華でロマンティックな、上位貴族の見合いの場に引っ張りだこの庭だ。どこで見合いしようとも、纏まる時は纏まるし上手くいかない時は流れてしまうが、大家の令嬢は一番いい庭で見合いしたというステータスが欲しいのだ。

アンナが自慢げに言うところから、相手は地位のある貴公子なのだ。とすると、自分が間違っているかもしれないとフィオナは思った。

緊張から門番の説明をしっかり聞いていなかったから、自分が薔薇の庭だと明言できない。見合い相手は子爵らしいから、そう地位の高い貴族でもないのだろう。

このまま一緒に薔薇の庭に行って見合い相手に会えば、どちらが正しいかはっきりするはずだが…。

私が恥をかくのはいい。笑われたって我慢すればいいだけだし。でも、もしアンナ様が勘違いしていたら…。

気位の高い人の機嫌を損ねると、非常に面倒なことになる。フィオナは己の母で身に染みていた。

「ハニーガーデンで最も美しい薔薇の庭。相応《ふさわ》しいのは、私よ！」

堂々と断言できるアンナが羨ましい。

私も自信満々に振る舞えたら、叱られることはなかったのかな…。

「ちょっと、聞いているの？」

アンナが視線を鋭く尖《とが》らせた。

「あのっ、私が間違っていたのかも…」

フィオナはすみませんと謝罪して頭を下げる。

持って生まれた性格なのか、育った環境なのか、幼いころからの刷り込みか、決して気が弱いわけではないのに、強気な人には一歩下がってしまう。

「わかればいいの。あなたにはビオラがお似合いよ」

アンナは小馬鹿にするように鼻で笑った。侍女たちも追従してきゃっきゃと笑い合っている。

私を傷つけるつもりなのね。でも、気にしないわ。慣れっこだもの。平気よ。

ついこの間まで、こんなことは日常茶飯事だった。もっと不愉快な思いや、辛《つら》くて涙を堪《こら》えたことだってある。

「これからは間違えないよう、気をつけなさいな。あら、嫌だわ。あなたが引き止めるから、約束の時間に遅れてしまいそう」

話は終わったとばかりに、アンナは侍女たちを引き連れて右の小道に入っていく。脇にはこの国では珍しい柳の木が、アンナたちを歓迎するように風でたおやかな枝を揺らしている。

煌《きら》びやかな一団を見送ったフィオナは、踵《きびす》を返して小さく息を吐いた。

「私が引き止めたんじゃないのに」

アンナのような押しの強い人は、有無を言わさず他人を意のままにしようとするから苦手だ。

アンナは自信に満ち溢《あふ》れていた。見合いの相手もレブン伯爵家と釣り合う名家の貴公子なのだろう。

「あの方は望まれて結婚するんでしょうね」

幸せな未来が待っているのだ。対して自分は、と考えれば、晴れた空とは真逆のどんよりとした雲が心の中を埋めていく。

背の高い生け垣に挟まれたうっそうとした左の小道。この先にビオラの庭がある。

相手に会うのが憂鬱になってきて、フィオナの歩みは次第に鈍くなった。自ら望んだ見合いではないのだ。

俯《うつむ》きがちにとぼとぼ小道を歩いていると、突然、生け垣の切れ目からにゅっと黒い塊が現れた。

「——？」

驚いたフィオナはよろめき、石畳の上に尻餅《しりもち》をついた。黒いものの正体を見極めようと見上げると、

う…、馬？

現れたものが想定外で、フィオナは大きく目を見開いた。

王宮の庭だ。馬で入っていいのか。誰が乗っているのか、逆光で顔が見えない。大柄なので、どこかの貴公子だろうか。

黒馬が足踏みして蹄《ひづめ》で石畳を削る。フィオナは頭を両手で抱えて身を縮めた。馬の蹄はフィオナの掌《てのひら》よりも大きい。踏まれたらひとたまりもない。

馬上の貴公子が馬の首を軽く叩《たた》いてなだめ、ひらりと降り立った。フィオナが顔を上げると、濃茶のマントを羽織った貴公子はおもむろにフィオナに近づいてきて、覆いかぶさるように身をかがめる。

なっ、なに？

後退《あとずさ》りすると、座り込んでいるフィオナの両脇にいきなり手が差し込まれた。

「ふひゃっ！」

驚いたのと擽《くすぐ》ったいのとで、フィオナは変な声を上げた。突き飛ばそうと手を伸ばす前に、貴公子は立ち上がった。まるで、小荷物のように軽々とフィオナを持ち上げながら。

貴公子の膂力《りょりょく》に、フィオナは心の中で、えーっ！　と叫んでいた。

「降ろして！」

足をジタバタさせるも、抵抗はあまりにささやかだ。もっと暴れなければ放してくれないのではと足を振り上げようとした時、足の下に石畳を感じた。

よかった。

貴公子の手が離れて胸を撫《な》で下ろしたものの、貴公子の顔を見上げて逃げ出したくなった。

こつ、怖いよぉ。

強面《こわもて》だ。眼光は鋭く、その表情は酷く不機嫌そうだったのだ。

行く手を遮ったから怒っているの？　私は小道を歩いていただけなのに。

馬の鼻面を横切ったのはフィオナだが、ぼーっと歩いていて周りを見ていなかったとはいえ、横合いから出てきたのは貴公子で、音をたてずにいきなり現れたら避けようがないではないか。

助け起こすにしても、いきなり持ち上げなくたって。大丈夫かと声をかけてくれるなり、手を差し伸べてくれるなり、他にもっとやりようがあるじゃない。

口には出せないので、不満げに見上げると、無表情に上から見下ろされる。

感情が枯渇してしまっているみたい…。

さっきは不機嫌だと見て取った貴公子の顔には、喜怒哀楽のどれも現れていなかった。

ここまで乾き切っているのはなぜなのか。初めて会った貴公子が気になった。自分は心の機微を読み取ることに長《た》けていると思っていたから、なおさらだ。

黒曜石のような貴公子の瞳から、フィオナは目を逸《そ》らせなくなってしまった。このまま見つめ続けていたら、心を黒く染められ、奈落の底へ導かれてしまうのではないかと怖くなる。

礼を言ってこの場を離れなければ。そう思うのに、フィオナは上手く言葉が出てこなかった。金縛りに遭ったように身体《からだ》も動かない。

話しかけてさえくれれば答えを返して、黒曜石の呪縛を解くことができるのに、貴公子は一向に口を開こうとしない。

「あ…、ありがとうございました」

フィオナは精一杯腹に力を入れ、勇気を振り絞って、それでも消え入りそうな声で礼を言った。

貴公子の眦《まなじり》が微《かす》かに動き、黒曜石の瞳が揺れるのをフィオナは見逃さなかった。

この方は…、怒っているんじゃない。悪いことをしたと思って、困っていらっしゃるんだわ。

フィオナは貴公子が途方に暮れているのだと察した。

この方は感情を表すのが苦手なのね。

それがわかれば、鋭い目つきだって怖くなくなる。

改めて貴公子を見つめた。

黒髪に縁どられた顔は凛々《りり》しく端整だ。黒と海老茶色《えびちゃいろ》の意匠はシンプルだけれど、身体に合わせてきちんと仕立てられているのがわかる。下手な仕立屋の仕事にありがちな変な皺《しわ》がないからだ。

使われている生地は上等なものだろう。ネップのひとつも見当たらない。ささやかな装飾は小さくても凝っている。

まるで研ぎ澄まされた一振りの剣のよう。

邸でにやけた貴公子の相手ばかりしてきたから、目の前の貴公子から発せられる心地よい緊張感に、身を清められるような気がする。

腰に剣を佩《は》いているから騎士かもしれない。荷物のように軽々と人を持ち上げられるのは、日ごろから鍛えているからだろう。

なかなかの男ぶりだ。

微笑《ほほえ》みを浮かべたらもっと素敵なのに。

無表情なのは残念だが、不器用なのだとわかれば親しみが湧いてくるし、好ましく思う。

「お気になさらないでください。ちょっとびっくりしましたけど、怪我《けが》もしていませんし」

フィオナが微笑むと、貴公子は食い入るように見つめきた。

さっきまであんなに怖かったのに、自分を映す黒曜石の瞳が美しいと思う。

胸がドキドキしてくる。見目形のよい貴公子と会う機会はこれまでにもあったけれど、胸が高鳴るのは初めてだ。

私、面食いだったのかしら…。

貴公子が小道の先を指した。

「この先に行くのか？」

ビロードのような滑らかな低い声に、思わず聞きほれてしまう。

ビオラの庭に行くのかと聞いているのね。

はい、と頷くと、貴公子の瞳が和む。

柔らかくなった。どうして？

表情が変化した理由を考えていると、ぎゃいぎゃいと姦《かしま》しい声が生け垣の向こうから流れてきた。貴公子は和んでいた瞳を眇《すが》めて声のする方を向く。

アンナ様たちかな。何かあったのかしら。揉めているみたい。

生け垣の方を窺《うかが》うと、カチッと音がした。貴公子が留め金を外してマントを肩から滑り落としている。

何するのかしら、と見ていると、貴公子はマントを振り上げて、フィオナの頭上に大きく広げた。

「えっ？」

辺りが薄暗くなって、マントがフィオナの上に落ちてくる。

「なっ！」

避けようもなかった。マントで視界が遮られて真っ暗になると、ふわっと身体が浮いた。

「きゃっ！」

浮いていたのは一瞬だったかもしれない。何かにすとんと腰が落ち着いた、と思った瞬間、身体が揺れ出す。

えええぇぇぇぇぇぇぇ！

馬に乗せられたのだとわかった。


フィオナに父の記憶はほとんどない。物心つく前に亡くなった。ベッドに横になっていた男性に頭を撫でられたこと。あれが父だったのではないかと思うのだが、わずかな記憶で顔は覚えていないのだ。

肖像画くらいあってもよさそうなものだが、父だけでなく、先祖の肖像画もバード家の壁には一枚もかかっていない。

　母は見栄や体面を保つことに執着する自己愛の強い人で、フィオナは幼いころから立ち居振る舞いを厳しく躾《しつ》けられた。

　若く美しい金髪碧眼《へきがん》の母に対し、フィオナはダークブロンドの髪に濃褐色の瞳で、顔もあまり似ていなかった。

「容姿は悪くないのに、どうしてこうも華がないのかしらね」

　自分なりに精一杯おしゃれしても、眉をひそめた母によくため息をつかれた。

　夜会好きの母は出かけることが多く、邸でも夜会を頻繁に開いた。フィオナは夜会が好きではなかったが、母の好む派手なドレスを身に着けさせられ、華やかな令嬢を演じて客をもてなさなければならなかった。

　あちらの紳士を向こうにいるご婦人に紹介しなさい。

　あのご夫婦にもっと葡萄酒《ぶどうしゅ》を勧めなさい。

　窓辺の貴公子に次の夜会にも来るよう上手く誘いなさい。

　母に褒めてもらいたかったから、喜ぶように一生懸命努力した。けれど、母には物足りなかったようだ。

「ああ、もう、どうしてそんなこともできないの。あそこは声を上げて笑って差し上げるべきでしょう。それと、お酒を勧められたら断ってはいけないとあれほど言ったじゃないの」

「でもお母様、私はお酒が…」

「教えたことぐらいきちんとなさい。なんて愚図なの！」

上手くできないと叱責され、時にはぶたれた。言い訳しようものならさらに癇癪《かんしゃく》を起こして罵倒し続けられる。

フィオナは母の顔色を窺うだけでなく、表情の微かな変化を注意深く観察するようになった。眉や口元、視線や指先の小さな動きなどで、その人の感情を推し量ることができるからだ。

そうして心の内を読めるようになると、母が招く夜会の客は、耳障りのいいことを口にするが、心の中では違うことを思っていると気づくようになった。

甘い言葉を囁《ささや》く貴公子が、信用に値しないと見抜くことも。

母が好む華やかな暮らしは、フィオナにとって辛いものだった。夜会で笑顔を振りまくのは苦痛で、終わると疲れ果て、母の期待に応《こた》えられない自分が欠陥品のように思えて気持ちが塞《ふさ》いだ。

母の客が多数出入りする邸も、彼らとの社交も好きではなかった。

だが一番嫌悪していたのは、母の望む令嬢を演じている自分だ。

母の言うとおりに従ってきた。バード男爵家を継ぐ身ではあるけれど、結婚相手を選ぶのは母だろうし、結婚後も、夫ではなく母の指示に従って暮らしていくのだと諦めていて、流されるままの自分が嫌いだったのだ。

しかし、先日のことだ。十九歳になったフィオナの人生は一変した。

母が急死したのだ。

「フィオナ様、これをご覧ください」

そして、バード男爵家に資産がまったくないと知った。執事のジャンが大量の請求書を母の部屋で見つけたのだ。

「請求書って、支払いが滞っているの？」

主な収入源だった小さな荘園はとっくに手放し、何代か前の先祖が考案した金具の特許も売り払っていて、残っているのは邸だけだった。

「私がもっと資金繰りに目を向けていればよかったのです。まさか特許まで売ってしまっていたなんて。病床の旦那様に邸を頼むと言われていたのにこんなことになってしまい、申し訳ございません」

ジャンは苦渋の表情になった。

母は邸のすべてを握っていて、父が亡くなる少し前に雇われたジャンは、金銭面には携わっていなかった。

「ジャンは悪くないわ。お金もないのに、お母様は派手な暮らしばかりしていたんですもの。私だってまったく知らなかったし」

いいえ、お母様を避けて、知ろうともしなかったのよ。

借金はいったいどれほどになるのか、見当もつかなかった。

さらに、悪いことは続くもので、なけなしの金でささやかな母の弔いを執り行っている間に、使用人たちは邸の中の金目のものを持って逃げ出してしまったのだ。

葬儀を終えて邸に残ったのは、ジャンと、同時期に雇われた下働きの老女、クーリとミンの二人だけ。

「盗難届は出しましたが、盗まれたものは戻ってくるかどうか」

「彼らの紹介状はないの？」

「すべて奥様がなさっておられましたので…」

ジャンの話では、母は父の死後、古くからの使用人を徐々に解雇し、新たに自分好みの使用人を雇いなおしていたらしい。逃げ出した使用人たちを母がどういう経緯で雇い入れたのか、ジャンは知らなかった。

母がいなくなれば夜会は開かないので、人手が減っても困りはしないけれど、借金に盗難で泣きっ面に蜂だ。

「どうすればいいの」

すっからかんになった邸で呆然《ぼうぜん》としていると、仲介人が母を訪ねてきた。

仲介人とは、貴族同士、商家同士など、許嫁《いいなずけ》のいない年ごろの息子や娘のいる家同士の結婚を取り持つ生業《なりわい》だ。

母が亡くなったと知った仲介人は驚いたが、生前に契約したのだとフィオナに見合い話をした。

「お相手の子爵家は裕福で、いい暮らしができますよ」

借金まみれの現状を打開できるありがたい話だが、母が亡くなった現在、フィオナが邸の主だ。役所に届けを出したばかりで承認されてはいないが、バード男爵家を捨てて嫁ぐわけにはいかない。フィオナは断りを入れた。

しかし、仲介人は引かず、断れない理由があると言った。

「非常に申し上げにくいのですが、フィオナ様が嫁ぐことで、バード男爵夫人は子爵様に借金の肩代わりの約束をなさっていらっしゃったのです」

フィオナは啞然《あぜん》とした。

まるで身売りじゃない！

厳しかったのも、夜会に引っ張り出すのも、バード男爵家を継ぐ自分の将来を考えてのことだと我慢してきたが、違ったのだ。

お母様は私を売って、面白おかしく暮らすことだけを考えていたのね。私を愛してはいらっしゃらなかった…。

悲しみが湧いてくるかと思ったが、心は凪《な》いだままだった。そうだったのか、と淡々と納得しただけだ。

自分に似ていない娘を母は嫌っていたのだろうか。母に少しでも似ていたら、優しくしてくれたのだろうか。

フィオナは小さく頭を振り、自問に幕を引く。問うても答えてくれる母はもういないのだ。

見合い相手は母とつき合いのあった貴族のひとりだろう。邸に来たことがあるのなら面識があるかもしれない。

「どちらの子爵様なのでしょう。お名前は？　おいくつなのですか？」

「それは申し上げられないのです」

仲介人は答えをはぐらかした。

一般的に仲介人が介在する見合いは、まず互いの釣り書きと姿絵を交換するところから始まる。見栄えよく描かれた姿絵はさておき、家柄や人となりが細かく記された釣り書きは重要だ。信用問題になるので、仲介人も釣り書きの内容を精査する。間違いがないと確認したら、釣り書きをそれぞれに渡し、受け取った側はじっくり検討して見合いをするかどうか決めるのだ。

見合い相手について何も知らされないのは、非常に不利だ。

フィオナは母の交友関係を好ましく思っていなかった。相手もわからない胡散臭《うさんくさ》い見合いは抵抗があった。

しかし、フィオナに拒否権はないのだ。

「仲介料も未払いですし、見合いをお断りなさいますと違約金が発生しますが、よろしいですか？」

仲介人が口にしたのはかなりの金額だった。支払う当てなどない。

結局、フィオナは相手の名も知らされぬまま会うこととなったのだが…。

釣り書きがないのは、多分、相手の齢《とし》が離れているとか、姿があまりよろしくないとかの理由だろうと思っていた。

まさかこんなことになるなんて…。

あまりに驚くと、人は声が出ないらしい。起こっている出来事に思考がついていかず、停止してしまったからかもしれない。

馬に乗せられるまでの早業に、抗《あらが》うどころか助けを求めることもできなかった。荒事に無縁なフィオナがあっけにとられているうち、馬は走り出してしまったのだ。

叫び声を上げたとして、近くにいただろうアンナたちが助けに来てくれたかどうかはわからないけれど…。

どこに連れていくの？

フィオナは走り始めた馬の上で硬直していた。

悲鳴が出ない代わりに、心臓は騒がしい。早鐘は蹄のたてる音と勢いを競い合っている。

馬に乗ったのは初めてだ。乗ってみたいと思っていたが、辻馬車よりも乗り心地が悪いと知った。徐々に速くなっていく馬脚に合わせ、横乗りさせられた身体が上下にぽんぽん弾むのだ。

人攫《さら》い？

頭の中を過った。

貴族の令嬢や商家の娘を攫って身代金を盗《と》ったり、娼館《しょうかん》や外国に売ったりする手合いがいるという。こうしてマントに包んで視界を遮るのは、行き先を知られたくないからではないか。

しかし、貴公子は無頼の輩《やから》には見えなかった。だいたいそんな人間が王宮の庭に入ってこられるだろうか。

フィオナは邸からほとんど出ない。近所の礼拝堂に通うくらいだから、流れる風景を目にしたところで、どこを走っているのかはわからないけれど…。

だけどこのままじゃ、行き先の見当もつけられないわ。何か目印になる建物を見なきゃ。

マントを取り払おうと蠢《うごめ》けば、馬の弾みにぐらりと上体が傾く。

お、落ちる！

ダメだと目を瞑《つぶ》った瞬間、貴公子の腕がフィオナの腰に回される。おかげで落馬を免れたものの…。

怖いよぉ。

恐怖で身が縮んだ。勢いよく走る馬から落ちれば、大怪我をするか死に至るか、とにかく無事では済まない。

馬に乗るのがこんなに怖いとは思わなかった。視界が遮られていてよかったのかもしれない。見えていたらもっと怖かっただろう。

どうすればいいの。

飛び降りるのは無理だ。貴公子を馬から蹴落として逃げる、というのも無謀な考えだと悟る。

力強い腕は決して落とすまいという――フィオナにとっては逃がすまいとなるのだが、強い意志が現れているし、非力なフィオナではとても太刀打ちできない。

貴公子はものすごい速さで駆ける馬を巧みに操っている。壁となってフィオナを支える貴公子の身体は、激しい揺れにもまったくぶれない。フィオナが必死に拳を振り下ろしたところで、無駄な努力に終わるだろう。

逃げられない。けれど、貴公子に守られているとも感じる。

私、男の人に抱かれているんだわ。

筋肉の躍動が触れ合っているところから伝わってきて、意識すると顔がのぼせたように熱くなる。

この方はどうしてこんな盗賊のような真似《まね》をしているの？

好感を持ったから、暴挙に出た貴公子に裏切られたような気持ちにもなった。

人を見る目には自信があった。長年培ってきたフィオナの自己防衛だ。これまではずれたことはなかったが、曇ってしまったのだろうか。

悪意を持ってはいない。それは確かなの。

では、なぜこんなことをするのかと想像するに、見合い相手だからではないかとの答えが導き出される。

子爵様なの？

見合い後、互いの理解を深めるため、女性は男性の邸に招かれてしばらく滞在することがある。婿入りの場合は男性が招かれる。結婚が決まったわけではないので、女性は乳母《うば》や侍女などを数人連れていくし、受け入れる男性側は女性を客人として丁寧にもてなす。

ひとつ屋根の下で暮らせばいろんなことが見えてくる。嫁ぐ家のことや結婚相手をより知ることができる。逆に粗を見つけることもできるから、相手を見極める有効的な手段とされているのだ。

この方が子爵だったらいいのに。

ふと思って、フィオナは慌てた。

そっ、それは、素敵だったし、怪我していないか心配してくださったし…。

焦って自分に言い訳する。

だけど、いきなり連れ去るなんて無礼にもほどがあるわ。

子爵ならば、会った時にそう言って挨拶くらいするのではないか。見合いの体裁も整わぬうちに、どこかへ連れていこうとする意図がわからない。

見合い相手の子爵なのか確認したいけれど、身体が馬上で飛び跳ねて口を開くと舌を嚙《か》みそうだ。

ええいっ、ぐるぐる考えていたって仕方がないわ。

逃げられないのだし、馬が止まるまで待つしかないと開きなおってみると、今まで気がつかなかったことに意識が向いた。

厚手の生地なのに柔らかな風合いのマントは、細い上質な毛糸で織られている高級品だ。マントからほのかに香るベルガモットのすがすがしい香り。雑味のない香りは、厳選された素材で作られているはずだ。

やっぱりお金持ちの子爵様なのかな。

もたれて耳をつけている貴公子の胸から伝わる鼓動や息遣いに、心がざわついて仕方がない。

そうこうしているうちに、身体の弾みが小さくなってきた。馬の走る勢いが緩くなってきたのだ。

ガタガタと木の板を踏む音は、橋を渡ったのだろうか。近くに誰かいたようだ。男性の叫ぶ声がしたけれど、声は後方に流されて何を言ったのかフィオナには聞き取れなかった。代わりに、犬の鳴き声が遠くから近づいてきた。バウバウ吠えながら馬の後をついてくるようだ。

右に左に緩やかに蛇行しながら馬は進んでいる。

目的の場所に着くのかしら。

さらに勢いが弱まり、手綱が引かれ、数歩進んで馬の脚が止まる。

止まった。

ほっと息をつくと、貴公子に抱えられて降ろされる。地面に足がついたフィオナは驚愕《きょうがく》した。右の靴を履いていなかったのだ。

うそっ、落とした？

ハニーガーデンの小道で馬に乗せられた時か、走ってきた道の途中なのか、いつ脱げたのかまったく気づかなかった。

靴を作ってもらうお金なんてないのに。

失くした片方だけ作ってもらうにしても、それなりに支払わなければならない。一番上等な靴だっただけに、フィオナは意気消沈した。

地面が動いているみたい。身体がゆらゆらするわ。…お尻が痛い。

片方の靴を履いていないのと、乗り慣れていない馬に乗って身体が辛いことに加えて視界が遮られているフィオナはよろめいた。

すかさず貴公子が支えて、マントを取り払う。

「眩《まぶ》しい」

目を細めて降り注ぐ陽光に手をかざす。

どこなの？

明るさに慣れた目に映ったのは…。

なんて大きなお邸。

フィオナはぽかんと見上げた。

灯《あか》りを取るために設けられたたくさんの小窓や、建物を支えるアーチ型の太い武骨な柱と分厚い石の壁。

礼拝堂みたい。

バード家の近くにある礼拝堂と似たような造りだった。もちろん、大きさは天と地ほどの差があるから、大きい分、重厚さに圧倒される。

この様式が残る建物は歴史があるのだと教えてくれたのは修道士だ。この邸も古いものなのだろう。

フィオナは礼拝堂の静まり返った空気が好きで、毎日祈りに通っていた。歩いていける礼拝堂にしか、母が出かける許可をくれなかったからだ。

お母様は礼拝に行ったことがあったかしら。

薄暗くて陰気臭いと母は礼拝堂を嫌っていた。

母が亡くなってからいろんなことに追われていたフィオナは、礼拝堂から足が遠のいていた。礼拝堂での祈りの時間を思い出し、心が静まってくる。

このお邸、なんだか懐かしい感じがする。

邸の尖った屋根を見上げて頭を反らせば、背後から貴公子が見下ろしてくる。

目が合った。何をしているのだ、と言いたげな瞳だ。

この方のお邸なのかな。

話しかけるつもりが、貴公子の背後にいる白い大型犬の方に目が行く。鳴きながら追いかけてきた犬だろうか。行儀よく座り、小首を傾げてフィオナをつぶらな瞳で見上げ、尻尾《しっぽ》で勢いよく地面を掃いている。

お利口そうな子。ふわふわした毛並みだわ。撫でたい。撫でてもいいかな。あっ、誰か来た。

邸を囲む庭から庭師らしき人がひとりふたりと現れる。邸の中からも数人走り出てきた。執事だろうか、先頭は黒のジュストコールとベスト姿の初老の男性だ。

これからどうなるのか不安はあるものの、盗賊の巣窟ではないようだ。執事がいるのなら、きちんとした邸だろう。

執事はフィオナを見て目を見張り、足早に近づいてきた。馬は庭からやってきた使用人が轡《くつわ》を取って連れていこうとしている。

「グレイグ様、お帰りなさいませ」

「うむ」

グレイグ様とおっしゃるのね。お邸の主のようだわ。

「ようこそお越しくださいました」

執事はフィオナに向かって笑みを浮かべ、丁寧にお辞儀する。

お招きありがとうございます、は違うし、ごきげんようも変だし…。

有無を言わさず連れてこられたのだ。どう返していいのか困ってしまう。返答に苦慮しているうちに、執事は視線を貴公子へと移していた。

「レディを招かれたのはまことに重畳、と申し上げたいところですが…」

柔和な顔から打って変わって執事は渋い顔をした。

「まさかとは思いますが、レディを馬でお連れになったのではないでしょうね、グレイグ様」

「乗せた」

飄々《ひょうひょう》とした様子のグレイグだったが、執事の次の言葉で表情が動いた。

「レディの御髪《おぐし》が乱れているではありませんか」

マントをかぶせられ、激しく馬に揺られたので、ふんわり結い上げていた髪はぺしゃんこだ。髪飾りも歪《ゆが》んでいるだろう。

フィオナが右手で髪を撫でつけると、グレイグの凛々しく形のよい眉尻がちょっぴり下がる。

「なんとしたことか！　レディのおみ足が…」

今度は大仰に嘆いて執事は頭を振った。

邸に圧倒されてすっかり忘れていた。

「片方どこかに落としてしまったみた……いいいぃいぃいぃいぃ！」

最後は不様な悲鳴に変わった。グレイグが前置きなしに、フィオナの腰の辺りを掴んで身体を持ち上げたのだ。フィオナの声に応えるように、犬がワォーンとひと鳴きする。

グレイグと同じ高さの目線になる。黒曜石の瞳はこれでいいか？　と問うている。

よくない、よくないですぅ！

フィオナは顔を振った。髪飾りが緩んでずり落ちそうになる。

「降ろしてください！」

取り乱したフィオナは、はしたなくも手足をバタつかせた。なのに、グレイグは知らん顔だ。

「これで汚れない」

それはそうだけど、もっと違う方法があると思うの。

空中でぶらぶら揺れた足から、残っていた左の靴も落ちる。

ああ、もうっ、どうしてこの方は…。

想像のさらに斜め上を行く行動に出るのか。

周りの使用人たちは、見てはいけないというように、さりげなくフィオナたちから視線を逸らしている。

恥ずかしいよぉ。

執事は額に手を当ててため息をついた。

「レディを猫の子のように持ち上げるなど、失礼ですぞ」

執事の苦言にグレイグは、何が悪いのだ、というような不満な表情を見せる。

「片手で持てばいいか」

小脇に抱えられた自分を想像したフィオナはげんなりした。

髪はつぶれて飾りが落ちかけ、ドレスの裾も乱れている。靴も履いていないから、まるで、これから捨てられる等身大の人形ではないか。

お願いだからそれだけはやめて。

持ち替えようとするグレイグを執事が止める。

「甥御《おいご》様たちを小脇に抱えるのとは違うのですぞ！　普通に抱き上げて差し上げればいいのです」

「ああ、なるほど」

目から鱗《うろこ》だという顔で、グレイグはひょいとフィオナをお姫様抱っこにする。

人前で男性の腕の中に収まるのは、恥ずかしくて決まりが悪いのに、フィオナは安堵して身体の力が抜いた。

捨てられる等身大人形にならないだけマシだと思ったのだ。


グレイグ・ウォードはオルタナ国王からの呼び出しに、急ぎ王宮へとやってきた。

何が出来《しゅったい》したのか？

国境付近の治安維持は保たれているはずだ。国内には他国の細作や反乱分子が皆無ではないが、部下からは特に目立った動きは見当たらないと報告を受けている。

だが、急ぎお越しを、と使いが言うのだから、急を要する事態が起こったのだと思った。

長い廊下を速足で歩き、国王の執務室へと向かう。すれ違う侍従たちは、グレイグを認めると顔を強張《こわば》らせて廊下の端へと寄って頭を下げる。王宮を歩くといつもこうだ。話をしたこともないのに、大勢いる侍従の誰もが、自分の姿を見ると萎縮する。

王宮内は通常どおりだ。緊張感はない。

ならば、公になっていない内密の相談か。

衛兵の開ける扉を通ると、執務室には国王ともうひとりが待っていた。

「よく来た、グレイグ」

国王はにこやかにグレイグを迎えた。

「早かったな」

もうひとりは赤狼《せきろう》将軍ジェイド・ガーションだ。

二人の様子から、緊急事態ではないと判断する。

急いで来いというのはなんだったのだ？

疑問に思っているとジェイドはにやりと笑う。

「そう伝えろと俺が言ったのさ。そうでも言わんと、お前は来ないだろうが」

面白がっているのか、とジェイドを見れば、睨《にら》んでも怖くないぞ、と肩を竦《すく》める。

「陛下がお呼びとあらば、どこへなりとも馳《は》せ参じる。睨んだつもりもない」

「相変わらず固い物言いだなぁ。黒熊《こくゆう》の親父《おやじ》さんの息子とは思えん」

グレイグは『王国三剣の一振り』と呼ばれている。

三剣とは、黒熊、赤狼、白鷲《はくしゅう》の三将軍のことで、グレイグはそのうちのひとり、白鷲将軍として兵を率いている。

グレイグは戦争孤児だった。戦闘に巻き込まれ、目の前で家族を殺される地獄を見たのだ。今でもはっきりと覚えている。あの日は雨が降っていた。

息絶えた両親や兄たちの傍《そば》で、雨に打たれながら自分の命の灯が消えていくのを感じていた。その後、意識を失ったところを黒熊将軍ライゲンに助けられたのだ。

ライゲンは黒赤白三軍すべての兵士たちから、親父さんと呼ばれて慕われている。非常に寛容な人物だ。得体の知れない敵国の、それも、最下層民の子だったグレイグを養子にしたのだから。

『お前は水車小屋番を最下層の民と言うが、己を卑下してはならん。オルタナでは違うのだぞ。立派な職人なのだ。粉を引いてもらわなければパンは食べられぬし、皮のなめしや鉄を打ってもらわねば、鞍《くら》も剣も作れんのだからな』

そんなライゲンの妻はどうかと言えば、似たもの夫婦なのだろう、母は俗に言えば肝っ玉母さんそのもので、グレイグを暖かく迎え入れて自分の子と同様に愛情を注いでくれた。

ライゲン夫婦の息子たちはグレイグより年下で、グレイグを実の兄のように慕ってくれた。これまで末弟だったグレイグは兄と呼ばれるようになり、くすぐったくも嬉《うれ》しかった。

ライゲンの家族に囲まれて暮らすうち、壮絶な体験を経て傷ついたグレイグの心は次第に癒《いや》されていった。

しかし、削《そ》げ落ちてしまった喜怒哀楽はなかなか戻ってこなかった。元々口数の少ない子供ではあったけれど、今でも言葉や表情で自分の感情を表すのが苦手だ。

侍従たちが避けるのは、無表情な自分に原因があるとわかっている。口が重く、感情が表に出ないから何を考えているのかわかりにくいうえに、自分では意識していないが、そこにいるだけで威圧されるように感じるらしい。

改善しようと努力したこともあったが、ライゲンに言われた。

『指で顔を引っ張って笑顔を作ってもなぁ…。お前という人間を理解してくれる人は私を含めて大勢いる。無理に自分を偽る必要はない』

ライゲンの家族は皆饒舌《じょうぜつ》なので、グレイグが一言二言返すだけで事足りてしまうのも、口数が増えない理由のひとつだろう。

救ってくれたライゲンの恩に報いるよう、グレイグは勉学に励み、慣れない行儀作法を覚えた。乗馬や剣はライゲンが教えてくれた。厳しい師匠だったが、体格がよくて俊敏なグレイグは向いていたのだろう。めきめき力をつけた。

『いつかお前にも愛する人ができる。お前が共に歩みたいと思う人が。剣は人を殺すためのものではない。大切な人を守るためのものなのだ』

自分に愛する人ができるのがどうか先のことはわからないけれど、ライゲンの自慢の息子になりたかった。

黒熊軍にコンラッド・ライゲンあり。

そう言われるようになるまでたいして時間はかからなかった。

戦場で数多《あまた》の功績を上げて認められたグレイグは、空席だった白鷺将軍位と、途絶えてしまった名家ウォード子爵の名と邸を国王から賜ったのだ。

グレイグの出自を知る者は少ない。ライゲンは縁戚の男子を養子にしたとしか公にしていないので、ライゲンの一族でも知っている者は一握りだ。知らない方が幸せなのさ、と父は嘯《うそぶ》いていた。もちろん、ジェイドも知らない。

さすがに豪胆なライゲンも国王には打ち明けたが、知ってなお、国王はよく他国の最下層民出の自分に地位を与えたものだと思う。

それだけ黒熊将軍ライゲンに信を置いているのと、グレイグの働きが目覚ましかったからだ。

「呼び出したのは他でもない。グレイグ、そろそろ身を固めてはどうか」

「……」

あまりに突然だった。

「知っているか？　お前、女っ気がないから男色の噂《うわさ》が立っているぞ」

ジェイドがとんでもないことを言い出す。

そういう志向の者がいることは知っている。男ばかりの軍の中には親密な間柄の者もいるようだが、軍規が乱れなければ口煩く言うことでもない。

俺は違うのだが…。

グレイグは目を眇めた。

「怒るな。そうでないことはわかっておる。だがそちも、もう三十を過ぎたのではないか？」

「怒ってはおりません。陛下、私は二十八です」

「そうか。余はその齢には子が二人おったぞ」

王族が若いうちに子を生《な》すのはどこの国でも同じだ。後継ぎがなければ問題が起こるからで、一家臣とは立場が違う。将軍職は世襲制ではないのだから、グレイグが独身でも問題はないはずだ。

「齢の順ならば…」

「俺は相手に困ってはいないぞ。時間が足りないほどで、分身が二、三人欲しいくらいだ」

先手を打たれ、ジェイドの方が先ではないかと言えなくなってしまった。

どうしてこんなに滑らかにしゃべれるのか。ジェイドの舌は魔法のようだ。

グレイグは女性との会話が続かない。ジェイドのように気の利いたことを言えないのと、常に不機嫌そうに見える顔で、たいてい怖がって逃げていく。地位に魅《ひ》かれてすり寄ってくる女性は押しが強くて苦手だし、華やかな夜会も嫌いなので女性と疎遠なのだ。

対して、ジェイドは金髪碧眼の美男子だ。三十半ばの男盛り。社交界にデビューしたての令嬢から貴婦人や未亡人まで、取り巻きが大勢いる。多くの浮名を流して独身を謳歌《おうか》しており、夜会では両腕に女性が鈴生りらしい。

「余がそちの相手を選ぼうと思っておったが、ライゲンに止められたのだ。しかしな、ライゲンも気にかけているのではないか？」

父の名を出されると弱い。国境付近に軍を出している父とはしばらく会っていない。元気でいるだろうか、と髭面《ひげづら》の顔を思い浮かべる。

自分が貴族社会を避けているのを父は知っている。国王にはとても話せないが、正直、将軍の地位も爵位も面倒なだけなのだ。父のために戦ってきたおまけとしか思っていない。

俺は一度死んだ身だ。戦場で死ぬのは怖くない。

もし、運よく生き残り、年老いて戦えなくなったら、グレイグは将軍位と爵位を返上するつもりでいた。

「堅物なそちに自分で相手を見つけろとは言わぬ」

「陛下、私は堅物というわけでは…」

そもそも、結婚する気がないのだ。

「女性をエスコートしたのはいつだ？」

グレイグは記憶を探った。あれはたしか…。

「…一年前に」

「それを堅物と言わずしてなんと言う。ここ一月《ひとつき》の間で、王宮でも夜会は二度開かれておるぞ」

エスコートした女性は母だったと正直に言ったら、国王とジェイドはどんな顔をするだろうか。

言わぬが花だ。

「ジェイドが一肌脱ぐと言っておる。ジェイドはライゲンに止められておらぬからな。見合いを取り持つと申しておる」

「いや、それは…」

「大船に乗ったつもりで任せておけ」

ジェイドが掌《てのひら》で自分の胸を叩く。やる気満々の顔にグレイグは頭を抱えたくなった。

最悪だ！

ジェイドの好みは自己顕示欲の強い、グレイグが苦手とするタイプだ。取り巻きもそんな女性ばかり。ジェイドにはそれがかわいいらしい。

俺には理解できん。

どこから見合い相手を探してくるつもりなのかは知らないが、グレイグにとって好ましくない女性に違いない。

なんとかうやむやにできないものかと考えていると、

「オルタナの古き名家ウォード家が復活したのだ。また途絶えては先代に顔向けができぬ」

今更爵位を返上したいと言っても、国王は納得しないだろう。

「国情も安定している。しばらくは見合いに精を出せ。結婚相手が決まるまで王宮への出仕はまかりならんぞ」

「陛下！」

「そうでもせんと、そちは腰を上げぬではないか」

グレイグは床に視線を落とした。

訓練場と兵舎に入れるのならば、王宮に出仕できなくても……。

「言い忘れたが、訓練場と兵舎も立ち入り禁止だ」

「……」

陛下は人の心が読めるのか？

「グレイグ、王命だぞ。腹を括《くく》って見合いしろ」

他人事だと思って、面白がっているな。

「戦で先を読み、ここぞという時には電光石火の動きをするじゃないか。女性も同じさ。堅苦しく考えるな」

俺にはまったく別物なのだが…。

「何人でも紹介してやる。気に入る相手が見つかるさ。これだと思う相手がいたら、逃がすなよ！」

ジェイドに発破をかけられたグレイグは、国王の手前、渋々見合いすることに同意したものの…。


堅苦しく考えずに会うだけ会ってみればいいんだって。

ジェイドは簡単に言うが、結婚する気もないのに見合いをしてもいいのか。相手に失礼だ、と考えるのは頭が固いのか。

ジェイドは自分の取り巻きの中から見繕ってくるはずだ。俺の顔を立ててくれと頼まれたら、彼女たちはジェイドの歓心を買いたくて見合いに行くと言うだろう。

嫌々やってくる、おどおどした令嬢相手に会話するなど、敵と戦うよりも疲弊するに決まっている。

「参ったな」

派手なドレスと宝飾品をひけらかすような令嬢たちを、何人紹介されても結果は同じ、時間の無駄なのだ。

グレイグは大きなため息をついた。

ばかばかしいが、貴族は王命に従わなければならない。

「だからなりたくなかったのだ」

馬に乗っていったのは、グレイグなりの戦略だ。自分はいるだけで怖がられるのだから、さらに上から見下ろせば相手は逃げ出して見合いは成立しなくなる。女性に非があるように仕向けるのは不本意だが、背に腹は代えられない。

見合い場所はビオラの庭だと聞いていた。

ハニーガーデンで一番の庭は薔薇の庭だそうだ。初見合いは薔薇の庭だ、とジェイドは決めていたようだ。しかし、誰かに先を越されてしまった、と自分のことのように残念がっていた。

ビオラも薔薇も同じ花で、どちらも美しいではないか、と思う。

グレイグにはジェイドのこだわりがまったく理解できない。庭よりも相手の名を知らされていない方が問題だった。会ってから自分で聞けと言われたのだ。

「絶対に楽しんでいる」

グレイグは舌打ちした。

約束の時間が近づき、そろそろ相手がやってくるだろうと、小道脇の生け垣に沿って密《ひそ》かに馬を歩ませていた。すると、後方から令嬢がひとり歩いてくるのに気づく。彼女が見合い相手だとしたら、グレイグの予想を大きくはずれていた。

「ジェイドの取り巻きではないのか」

淡い桃色のドレス姿だ。宝飾品は控えめで好ましく、ふんわり結い上げた髪型は綿毛に似せた砂糖菓子のようで…。

美味《うま》そうだな。

公の場で食すことはないが、グレイグは甘味が好きなのだ。

令嬢は俯きがちにやってくるので、容姿がはっきりしない。

顔が見たい。

見合い相手がビオラの庭に入ったら馬で乗りつける予定でいたが、グレイグの心は逸《はや》った。

乗ってきた愛馬とグレイグは一心同体だ。戦場ではグレイグの身体の一部のように動いてくれる。利口な相棒はいつものように主の心を察知した。前に進まなければと思ったのだろう、小道へと足を踏み出してしまった。

手綱を引いても間に合わなかった。突如現れた馬に驚いた令嬢は尻餅をつき、びっくりした顔でこちらを見上げる。

零《こぼ》れそうな大きな瞳。淡く色づいた頬。真珠の歯が覗《のぞ》くふっくらした唇。

なんて愛らしい…。

グレイグは令嬢に釘《くぎ》づけになった。

はっ、しまった。怪我をしたのではないか！

グレイグは馬を降りて令嬢を助け起こした。なのに、令嬢は暴れた。これだけ動けるのなら怪我はしていないだろうと安堵するも、逃れようとする必死な様はショックだった。手を放したら、彼女は小道を駆け戻っていくだろう。

馬で来なければよかった、とグレイグは後悔した。

これまでは、女性からどう見られても平気だった。どんな態度を取られようと、毛ほども気にしたことはなかった。なのに、令嬢が俯きがちに歩いてきたのは、自分に会うのが憂鬱だったからではないかと思うと、意気消沈した。

震える声でも礼を言ってくれただけよかったではないか、と自分を慰める。

だが、令嬢は視線を合わせても怖がる素振りを見せなかった。さらに、真《ま》っ直《す》ぐ見つめてきたのだ。こんなことは初めてで、グレイグは内心狼狽《うろた》えた。

「お気になさらないでください。ちょっとびっくりしましたけど、怪我もしていませんし」

気遣いの言葉に感動し、にっこりと微笑んだ令嬢の顔に息を呑んだ。

結婚は枷《かせ》だ。妻を持ったら最後、貴族社会から抜け出せなくなる。わかっていて見合いしなければならないなんて、とあれほど嘆いていたのに…。

令嬢に魅かれた。

初対面でこんなにも柔らかな笑顔を見せる者などいなかった。自分に笑顔を向けてくれる彼女が…。

欲しい。

そう思った。

心が鷲摑《わしづか》みされるとはこういうことなのか。

吹き荒れる嵐のような感情。自分の中にもこんな感情があるのだとグレイグは知った。

これだと思う相手がいたら、逃がすなよ！　すなよー！　なよー　よー…。

陽気なジェイドの声が、頭の中で鐘のように鳴り響く。

逃がさない。

これまで、追い詰めた敵を逃がしたことはない。

敵ではないが…。

逃がすつもりはなかった。

ずっと傍に置く。傍に置いて守る。

決断すれば、グレイグの行動は早い。

生け垣の向こうから姦しい声が聞こえてきたのを機に、相手の意向も確認せず、令嬢をマントで包むと馬に乗せ、邸に向けて一目散に走り出したのだった。

フィオナを抱いたグレイグの足取りはスキップするように軽い。その後を小躍りするように犬もついてくる。

表情はわかりづらいんだけど、なんだか楽しそう。

うきうきしているようにフィオナには感じる。

不思議な方だわ。

風変わりだとも思う。

これまでに会ったどの貴公子とも違う。

だって、普通の貴公子は女性をいきなり連れ去ったり、小脇に抱えて運ぼうとしたりしないもの。

しかし、バード家に来ていた貴公子たちのように、眉をひそめてしまいそうになる嫌悪はない。こうして抱かれているとなぜか安心する。グレイグに守られていると思えるのだ。

観音開きの扉を通り、大きな邸の中に入る。

結婚式を終えたばかりの夫婦みたい…って、私ったらなにバカなことを考えるのよ！

動揺を押し隠して邸の中を見ると、灯り取りの窓から光が差し込んでいた。重厚な壁や床に木漏れ日のような複雑な模様を描いている。

「きれい」

思わず声が出た。

グレイグが見つめる。何が？　と問うていると思った。

「外から差し込むキラキラした光が、美しいモザイクのような絵を描いて…」

壁を指差してから、住んでいる人には当たり前の風景だったのだと手を下ろす。

「見慣れていますよね」

「そうだな」

きまりが悪くなり、フィオナは人差し指を握り込んで拳を作った。

はしゃがなければよかった。

自分が齢の割に子供っぽいことはわかっている。外の夜会に出たことはないし、大勢の人と会っていたのは偽りの自分だ。礼拝堂で修道士と会話するぐらいしかないフィオナの世界は狭いのだ。

庭に今年一番目の花が咲いた。

ヤモリがお腹を見せて窓にへばりついていた。

カップの中の湯気が渦を巻いていた。

日々の暮らしの中で見つけた些細なことは、フィオナには嬉しかったり面白かったりするのだが…。

『そんなつまらないことをいちいち言わないでちょうだい。恥ずかしいわ。皆さん呆《あき》れていらっしゃるじゃない』

母に叱られ、大人の会話をするように言い含められた。

夜会の客は噂話に花を咲かせるばかり。社交界では当たり前のことで、大人の会話というものなのかもしれないが、笑顔を振りまいては噂話にオホホと笑っている自分はまるで道化だと思っていた。

だけど、社交界ではそれが正しい在《あ》り方なのかも……。

グレイグはフィオナが示した壁を見ている。

呆れているんだわ。

握った拳を唇に当てて俯くと、グレイグが言った。

「きれいだな」

はっと顔を上げれば、グレイグはまだ壁を眺めている。穏やかな眼差《まなざ》しだ。きれいだと言ったのは、その場しのぎの嘘偽《うそいつわ》りではないのだ。

グレイグが自分と同じように感じてくれたことが、フィオナは嬉しかった。

執事の開けた扉の先は、広い瀟洒《しょうしゃ》な居間だった。ソファーやテーブルなどお決まりの家具はあるものの、無駄なものはひとつも置かれていない。

うちとは大違い。

バード男爵家はあらゆる場所に調度品が置いてあった。中には高価なものもあったが、ごちゃごちゃと並べられて価値を貶《おとし》めていた。

「さあ、こちらに」

中央に置かれた横長のソファーを執事が示す。と、そこには茶色の縞猫《しまねこ》がしどけなく横たわっていた。

「まぁ、猫ちゃん」

フィオナの声に、猫は薄眼を開ける。

猫もいるんだ。いいなぁ。

「クリス、退《ど》きなさい」

執事が慌てて猫を追いやろうとするも、意に介さず動こうとしない。グレイグがじっと見下ろすと、仕方がないというように心持ち場所を空けてくれる。

侍女が駆けてきて、手にしていた綾織りのクロスをソファーに広げる。猫毛がつかないようにとの心遣いだろうが、猫から遠い。

近くでもいいのに。

クロスの上にそっと下ろされる。

「ありがとうございます」

礼を言うとグレイグは頷いた。口角が微かに上がっている。

「ご挨拶が遅れまして申し訳ございません。執事のデボンと申します。グレイグ様、レディをご紹介ください」

「……」

グレイグは答えない。名も知らないのだから紹介しようもないのだ。デボンが口を開きかけたので、グレイグに小言が来ると思ったフィオナは自分から名乗った。

「ごめんなさい、名乗りもせず。バード男爵家のフィオナと申します」

「フィオナ」

グレイグが名を呼ぶ。低く、甘い声だ。こんなふうに呼ばれたことなどないから、耳が擽《くすぐ》ったい。この声は凶器だ。

「はい。フィオナです」

フィオナが微笑むと、デボンは、おお、と声を上げた。

挨拶の仕方を間違った？　子供っぽかった？

「私、なにか…」

「失礼いたしました。感激してつい」

「感激？」

「いえいえ、年寄りの戯言ですので、お気になさらず」

「そう、ですか」

なんだかよくわからないが、失敗したのではなさそうだ。

髪を直したいんだけど、言い出しにくいわ。とりあえず何か話さなきゃ。

「このお邸はグレイグ様のお邸なのですか？」

グレイグは右の眉をちょっぴり上げた。そうだと言っているようだ。対して、デボンは両腕が落ちるのではないかと思うほどにがっくりと肩を落とし、自己紹介もなさっておられぬのですね、と呻《うめ》く。

「デボンさん、私も自己紹介しませんでしたし、グレイグ様をお叱りにならないでください」

「なんとお優しい。フィオナ様。どうか、デボンとお呼びください。ここはウォード子爵邸でございます」

子爵様。じゃあ、グレイグ様がお見合いの相手なの？

見合いが決まってから、相手はどんな人物なのか考えた。借金帳消しの見合いだから、裏があるのではないかと悪い方へばかり想像が膨らんでいたのだ。

これでお見合いは成立したことになるのよね。仲介人に違約金を払わなくてもいいんだわ。心がふっと軽くなる。借金はあるけれど、第一関門は突破したのだ。

「では、グレイグ様がこちらの主なのですか？」

「グレイグ・ウォード子爵と申されます」

「グレイグ・ウォード様。ウォード子爵様。ウォード…」

グレイグを見上げてフィオナは小首を傾げた。

どこかで聞いたような…。

「白鷺将軍と言えばおわかりになられるでしょうか？」

「白鷺将軍！」

デボンの言葉に腰が抜けそうになる。抜けていたかもしれない。ソファーに座っていてよかったと思う。

王国三剣の一振り。勇猛果敢な騎士で、歴戦の勇者だ。

フィオナも三剣の名は知っているが、目の前の貴公子と結びつかなかったのだ。

母の夜会に来ていた客たちが、触れれば切れる研ぎ澄まされた剣、近づきがたい恐ろしい将軍、と噂していた。

そんな立派な方だなんて。

その立派な方は、犬にじゃれつかれている。

騎士だろうと思っていたが、まさか見合いの相手が上位貴族だとは思わなかった。そんな運のいい話は舞い込んでこないからだ。

下位貴族のフィオナにとって上位貴族は雲の上の人だ。バード家の夜会客の多くはせいぜい中の上辺り。金持ちの下位貴族ばかりが集まっていたように思う。上位貴族が来るのはごくごく稀《まれ》で、上位と位置づけられていても、今にも滑り落ちてしまいそうな貴族ばかりだったのだ。

「グレイグ・ウォードだ」

「今ごろ名乗られてもフィオナ様はお困りでしょう」

「困ることはない、です、けど…」

もっと早く言ってほしかった。

「バード男爵家は下位貴族なのですが…」

「そのようなこと、お気になさることはございません。ドルフ、お座り！」

グレイグにじゃれているドルフにデボンが指を差す。だが、ドルフは聞く気がないようだ。

グレイグに何度も飛びかかっている。

「犬と猫を飼っていらっしゃるのですね」

デボンはばつが悪いのかおっほんと咳払《せきばら》いした。

「はい。グレイグ様が拾ってこられるのです。際限なく」

「グレイグ様が」

…際限なくって、どういう意味かしら。

「ところでフィオナ様、ハニーガーデンで主はなんと申したのでしょうか」

難しい質問だ。

「お話は、これと言ってなさらなかったような…」

「まさか、説明もなく強引にお連れになったのですか？」

そのまさかだ、とは言えない。

視線を泳がせていると、ありのままにお話しくださいとデボンが真剣な顔をする。フィオナは躊躇《ためら》ったもののデボンに詰め寄られ、ハニーガーデンであったことを正直に話した。

「なんということを…。申し訳ございません」

「もう済んだことですし」

デボンが頭頂部の薄くなった頭を深々と下げるので、フィオナは恐縮する。

「いいえ、これは由々しきことでございます。グレイグ様、あれほど申し上げましたのに、私の話を聞いていらっしゃらなかったのですか？」

「聞いた」

「お聞きになってこの在り様ですか」

「気に入ったら連れてこいと」

「確かに申しました。申しましたが、連れてこい、ではございません。邸にご招待なさいませと申しました」

グレイグ様は私を招待したの？

あれを招待と言っていいのだろうか。

「フィオナ様のお話を聞くに、まるでかどわかしではありませんか！」

グレイグは怒ったのか口がへの字になる。

使用人にこれだけ意見されれば、たいていの主なら怒るだろう。大事になるのではないかとフィオナはひやひやするが、デボンはさらに追い打ちをかける。

「敵を捕まえるのとは違うのですよ。いきなり馬に乗せられて、フィオナ様はどれほど恐ろしい思いをなさったか」

デボンの指摘に、グレイグはフィオナをちらりと見て視線を落とす。

叱られるグレイグを見ていると、噂は当てにならないものなのだと思う。寡黙なようだが、ちっとも恐ろしくない。

気にしていないのだと声をかけてあげたくなる。

「このこと、コンラッド様のお耳に入ったらなんとおっしゃるか」

コンラッド様って、コンラッド・ライゲン黒熊将軍のことね。

できのいい遠縁の子供を引き取って養子にしたというのは有名な話だ。その養子がグレイグだったのだ。

父上は……、と腕を組んでグレイグは考え込んでいた。

「……高笑いする」

「おっしゃるとおり、お笑いになられるでしょう」

笑うの？　笑うところ？

被害者側としては納得できない。

「ですが、その後で雷を落とされるでしょう」

「まさか」

「フェミニストでいらっしゃるのをお忘れですか？」

「…う、ん」

グレイグは分が悪いようだ。

気にしていないって止めようかな。でも、会話に割って入るのは失礼よね。出すぎた真似かもしれないし…。

「女性に対しての蛮行をお許しにはなられません」

「蛮行…か」

そうなのか？　とグレイグは問うような視線を送ってくる。

頷くと傷つけてしまいそうだし、違うとも言いにくい。

そこへ、ふくよかな中年女性がカゴを手にやってきた。

「お二人ともその辺でおやめなさいまし。お客様の前で言い争うなど、呆れていらっしゃいますよ」

フィオナの代わりに割って入る。

「いえ、呆れるなんて、そんなことないです」

「お気遣いありがとうございます、フィオナ様。侍女頭のドーラと申します。申し訳ございません、殿方は女性の身だしなみに気が回らないようで」

ドーラはグレイグと執事にチクリと嫌みを言って、フィオナの前で膝をつく。手にしていたカゴを床に置くと、ドルフが覗き込んだ。

「ダメよ、ドルフ。座りなさい」

ドルフは行儀よく座った。ドーラを自分の上に位置する者だと思っているようだ。

「さあ、こちらをお履きください」

カゴの中から真っ白なシルクの室内履きを差し出す。

艶《つや》のあるシルク。お母様が使っていたのよりも高級そう……。あ、履物を借りればよかったんだわ。どうしよう、足を下ろしちゃった。絨毯《じゅうたん》汚れていないかしら。弁償なんてできないのに。

緻密なメダリオン柄の絨毯は高そうだ。

「足が汚れているので」

「お気になさらずに。ですがご不快でしょう。まずは汚れを拭います。おみ足に触れてもよろしいですか」

「はい」

きれいにしてもらった足を室内履きに差し入れる。綿入りのそれは履き心地抜群で、うっとりしてしまう。

ふわふわしていて気持ちいい。すごく上質なシルク。しっとりと肌に馴染《なじ》んで心地いいわ。

「御髪を整えましょう。別室に準備しますので、しばらくお待ちください」

「お願いします」

「お任せください」

ドーラが指示を出すと、後ろに控えていた二人の侍女が動き出す。

髪を直してくれるのはありがたい。乱れたままでは邸には帰れないから。

「コンラッド様よりも、お方様がお知りになったらと思うと、私の胃は――」

二人の言い争いは収まったものの、デボンは切々と訴えている。

主に強気でものを言う執事にも驚いたが、それを許しているグレイグの鷹揚《おうよう》さにも驚く。

デボンの嘆きをグレイグは神妙な様子で聞いているのだ。

お母様だったら癇癪を起して大変だったでしょうね。ジャンが小言を言うなんてありえないけれど。

機嫌を損ね、金切り声を上げて扇を振り下ろす母の姿は、悪いものに取り憑《つ》かれているのではないかと思うほど怖かった。顔や手ではなく、隠れて見えない肩や二の腕や腰を打たれ、フィオナの身体には痣《あざ》が絶えなかったのだ。

都合のいい人形。

それが、お母様の中の私の存在意義。

記憶はおぼろげだが、幼いころは乳母がいた。遊んでくれた侍女も数人いたはずだ。庭を歩きまわっていると微笑んでくれる庭師も。しかし、ひとり、ふたりと邸から姿を消し、いつの間にか母の雇った使用人だけになった。

彼らは母の使用人であってフィオナの使用人ではなかった。そして当然の如く、彼らはフィオナを蔑ろにした。

母の機嫌を損ねないよう、フィオナは空気のように暮らした。いろんなことを諦めてきた。気にかけてくれたのは、母の死後も邸に残ってくれた三人だけ。

でも、ここは違うのね。

ドーラをはじめとする使用人たちはきびきび働き、寡黙な主と違って邸の中の雰囲気は明るい。犬や猫もいて賑《にぎ》やかだ。

デボンはグレイグを息子か孫のように思っているようだ。口煩く言うのも、グレイグを心配してのことなのだろう。グレイグもそれをわかっているから小言を許容している。信頼関係があるのだ。

養父母であるライゲン夫妻との間柄も、デボンの口ぶりから察するにいいようだ。

グレイグ様は皆に愛されている。

羨ましくなる。

そのグレイグはデボンに蛮行だと叱られてから気落ちしている様子だ。勇猛果敢な白鷲将軍には到底見えない。

なんだかかわいらしい。

「ふふっ」

つい笑ってしまう。

グレイグとデボン、床に伏せていたドルフがフィオナを振り返り、目を閉じていたクリスが薄眼を開ける。

いけない。

両手で口元を隠すと、動いた拍子に髪飾りがずった。


ウォード邸は様々な用途の部屋が設けられているようだ。

いくつお部屋があるのかしら。立派なお邸だもの。たくさんあるんだろうな。お掃除が大変そう。

ドーラがフィオナを案内した別室は、仕立屋を迎える部屋のようだ。巨大な鏡が二方向の壁に貼《は》られ、移動式の姿見もある。仕上がった服の出来を確認するのに使うのだろう。

鏡に映し出されたぺしゃんこ髪の姿に、これをウォード家の人々に見られていたのかと思うと赤面の至りだ。

グレイグ様がマントをかぶせるからこんなことに。でも、髪飾りが残っていたからよかったのかも。

マントがなければ髪飾りはどこかへ飛んでいっていただろう。

母の宝飾品は根こそぎ持っていかれてしまった。フィオナが夜会で着けていたのは母の手持ちの大振りなものだったから、使用人たちはフィオナ個人の宝飾品があるとは知らなかったのだ。手持ちはどれも小さい石ばかりだけれど、今となっては金に換えられる財産だ。

失《な》くさなかっただけよしとしなきゃ。

ドーラはどこかへ行き、代わりに若い侍女が手際よく今風の髪型を作ってくれる。とても器用で上手だ。

うちにもこんな侍女がいてくれたらいいのになぁ。

夜会がある時は、母に言われた使用人が手伝いに来るけれど、それ以外は着替えも髪も化粧もフィオナはひとりでこなしていた。今日も朝早くに起き、準備して出てきたのだ。

乱れた髪で帰ったら、ジャンとクーリとミンは何があったと心配するだろう。

出かけた時と違う髪型でも、やっぱり驚かせてしまうわね。

髪を整えたフィオナは、侍女に案内されて居間に戻った。居間の入り口にはグレイグが立っていて、フィオナを認めると近づいてくる。マジマジと顔を見るが、グレイグは髪型に一言も触れない。

髪を崩したのはグレイグ様なのに。

フィオナはがっかりする。

謝ってほしいとかじゃないのよ。きれいだと言ってほしいわけでもないし。そうじゃないんだけど……。

ぺらぺらとお世辞を並べ立てられるのは嫌だが、何も言ってくれないのも寂しい。

ぬっと右手を差し出される。

手を取れ、ってこと？

差し出されているグレイグの手に、フィオナは自分の手を重ねようとしたら、いつの間にか傍に来ていたドルフに先を越されてしまった。

「ふふっ」

堪え切れずに笑うと、グレイグはやおらフィオナの手を摑む。大きな手はフィオナの手を手袋のように包み込んだ。

なんだか変な感じ。

持ち上げられたり運ばれたり、グレイグにはいろんなことをされたけれど、手を繋《つな》いだのは初めてだ。

手にはタコができている。剣を握る、戦う人の手だ。この手が国と人々を守っているのだ。

軽く手を引かれ、ソファーへいざなわれる。綾織りのクロスは取り除かれ、さっきまでいたクリスはもういなかった。

連れていかれちゃったのかしら。

フィオナは動物が好きだ。幼いころ、邸の庭で見つけた猫を飼いたかったが、母には言い出せなかった。母は生き物が嫌いで、庭に来る小鳥さえも使用人に追い払うように命じていたから。

ソファーに腰を下ろすと、グレイグがドルフを連れていってしまう。

触ってみたかったのに、残念。猫ちゃんもいなくなっちゃったし。でも、そろそろ帰らなきゃ。長居はできないわ。

見合いに行くと言って出掛けたので、フィオナが帰りの辻馬車を捕まえられないのではないかとジャンたちが心配しているのではないか。

しかし、帰るにしても、ウォード邸からの道がわからない。近いのなら歩いて帰ってもいいが、馬で走った距離はかなりある。王宮からどちらに向かったのかもわからないので、バード邸と真逆の方向なら、さらに遠いだろう。

靴がないんだった。裸足《はだし》では帰れないし…。

ソファーに腰を下ろして、室内履きを履いた足の爪先を上げたり下げたりする。

辻馬車のお金が払えるかしら。ウォード家で馬車を出してもらえないかお願いしてみようかな。

グレイグに頼むとまた馬に乗せられそうだ。

デボンが来たら…、と考えていると、いい香りが漂ってきた。ドーラがお茶の載ったワゴンを押してきたのだ。その後ろから侍女が、小振りな焼き菓子が美しく並べられている大皿を運んでくる。いい香りの発生源だ。

バターと砂糖をたっぷり使っているのだろう。甘くて濃厚な香りが居間いっぱいに広がる。見たことのないお菓子。どれもおいしそう。

母はあまり菓子を好まなかったから、バード家で菓子が供されるのは茶会の時ぐらい。テーブルに並べられていても客に勧めるばかりで、茶会が済めば使用人たちがこぞって持っていってしまい、フィオナの口に入ることは稀だった。

母が亡くなって、さらに菓子とは縁遠くなった。材料を買う金がないのだ。今後、小麦や砂糖や塩など、備蓄されている分を少しずつ切り詰めて使っていくしかない。まず焼くのはパンだ。菓子を焼く余裕はない。

使用人たちが小麦や砂糖の備蓄に手を出さなかったのは、不幸中の幸いだった。母が持っていた大量の宝飾品とドレス類、所狭しと飾られていた調度品で充分だったのだろう。

宝飾品に比べて小麦や砂糖は重くてかさばる上に売値は安い。労力に見合わないから持っていかなかったのだ。

侍女が菓子の取り皿やカトラリーをテーブルに準備していると、グレイグがひとりで戻ってきた。柿渋色のズボンと白いシャツに着替えている。寛《くつろ》ぐのだから、ゆったりした服装になるのはわかるけれど、少し胸元を肌蹴《はだけ》た姿は雄偉で、ドキドキしてくる。

グレイグはフィオナの隣に座った。隣に座るのは構わないのだが…。

どうしてこんなにぴったりくっつくの？

もう少し離れてくれないだろうか。グレイグの胸元が視界に入ってきて意識してしまう。

ドーラが並んで座ったフィオナたちを見てにっこり微笑んだ。

「きれいな御髪になってようございました」

「ありがとう。とても上手に結ってくれました」

「お似合いでございますよ。グレイグ様もそう思われるでしょう？」

グレイグは不思議そうな顔をする。

似合わないのかな。

フィオナは耳元に手をやった。鏡で見た時はとてもいい感じだった。かわいいと思ったのは欲目だったのだろうか。

「美しく装われたレディにお声をかけて差し上げるのは、紳士としての務めではないですか」

「世辞か」

「そうではございません」

ドーラは眉をひそめた。さすがにフィオナ本人の前で、世辞を言えとは言いにくいのだろう。

お世辞を言う気にもならないほど似合っていないんだわ。

フィオナは顔を曇らせた。

「こんなにかわいらしくなられたではありませんか」

ドーラ、もうやめて。

フィオナは耳を塞ぎたくなった。グレイグに褒める気はないのだ。無理に褒めてもらっても嬉しくない。

期待した私がバカだったんだから。

「当たり前のことも褒めるものなのか…」

「もちろんです」

そうか…、とグレイグは考え込む。

お願いドーラ、それ以上言わないで！

ドーラがたたみかければたたみかけるほど辛くなる。針の筵《むしろ》の上に座らされたようで、フィオナは逃げ出したくなった。

「どんな髪型でもフィオナがかわいいことに変わりはないのだが…」

「えっ？」

かっ、かわいいって言った？　私をかわいいって…。

顔を上げると、柔らかな眼差しとぶつかる。

グレイグ様は本当にそう思っていらっしゃる。

「言った方がいいか？」

聞かれても困ってしまう。けれど、言ってほしいとも思う。

「は、い。嬉しいです。ぺしゃんこ髪はみっともないですから」

フィオナは視線を逸らした。恥ずかしくて目を合わせていられなかったのだ。

「あれは……綿菓子のようだった」

グレイグが思い起こすように呟く。

「綿菓子？」

思いもかけない言葉だった。

「美味そうだった」

「グレイグ様、綿菓子は褒め言葉としてどうかと思いますが…」

ドーラの難色にグレイグは不服そうだ。

「何もおっしゃらないよりかは幾分マシでしょうか。これからは当たり前のことだと思われても、きちんと言葉になさったほうがよろしいかと」

ドーラがカップにお茶を注いだ。馥郁《ふくいく》たるお茶の香りが広がる。

「今の髪形も似合っている」

「ありがとうございます」

「フィオナはかわいい」

甘い声が耳朶を嬲《なぶ》っていく。胸に剣が刺し込まれたみたいに呼吸ができなくなってしまいそうだ。

恋の駆け引きを楽しむ貴公子たちが口にするような、軽い言葉ではないのがわかるから、擽ったくって、落ち着かなくって、でも嬉しくて、胸が高鳴ってしまう。

何を考えているか傍《はた》からではわからないほど表情は乏しいし、目つきは鋭くても、グレイグは素敵な貴公子なのだ。

黒曜石の瞳で顔に穴が開くほど見つめられたフィオナは、かあっと顔が熱くなった。

どうしよう。

熱を静めようと右手でパタパタと顔を扇《あお》いでいると、グレイグが手を伸ばしてフィオナの額に手を当てる。

いきなりなに？

狼狽《ろうばい》していると、グレイグは不意に立ち上がった。

「医者を呼べ！」

「どうなさったのです」

ドーラがポットを置き、テーブルを回ってやってくる。

「熱がある。額が熱い」

グレイグの顔が間近に迫ってきたと思ったら、おでこにグレイグの額がぶつかる。

きゃーっ！

唇が触れそうなくらいグレイグの顔が近くにある。触発されてフィオナの顔はさらに熱くなった。

「こんなに熱い」

熱で両耳が燃えつきてしまいそうだ。

「寝床の用意！」

グレイグに抱き上げられる。フィオナは慌てた。

「なんでもないです！　熱なんてないんです！」

頭を振って否定するも、グレイグは聞き入れない。

ドーラが心配そうに覗き込む。

「大丈夫でしょうか？　ああ、お顔が赤くなっています。やはりお熱が……」

「ちがっ、違うんです。これはっ……は、恥ずかしくて」

グレイグが右眉を上げる。何が恥ずかしいのかと問うているのだ。

「かわいいと褒めてくださったので…」

後半尻すぼみになり、腕の中で小さくなる。ちらっと上目使いに見上げると、グレイグはぱちぱちと瞬《まばた》きした。そんなことで、と思っているようだ。

「まあまあ、さようですか。なんでもなくてようございました。グレイグ様、下ろして差し上げてくださいまし」

ドーラに促されても、グレイグは納得できないようだ。

「本当に大丈夫です。ありがとうございます」

頭を下げると、渋々といった様子でソファーに下ろしてくれた。

「心配してくださったのですね。お優しいのですね」

グレイグがほんの少し目を細め、珍しく視線を逸らした。

照れてる？

口が重く無表情に見えても、グレイグの瞳、眉、口元は雄弁だ。

裏表のない正直な方なんだわ。

お茶をどうぞ、とドーラがカップを置く。

「フィオナ様も菓子はお好きでしょうか」

「はい。とてもおいしそうな…」

フィオナ様も？

小首を傾げると、隣には菓子の載った大皿を覗き込んでいるグレイグがいた。

「グレイグ様は甘味がお好きなのです」

「まぁ。だからおいしそうな綿菓子とおっしゃったのですね。うふふっ」

フィオナが笑うとグレイグは上体を起こし、不貞腐れたような顔をドーラに向ける。

笑ったから怒ってる？　ううん、違う。お菓子好きを私に知られたくなかった、とか？

暴露したドーラを責めているのだ。

気にしているのかな。

人を外見で決めつけてはいけないが、グレイグはどう見ても辛党だ。甘いものを好むようには見えない。

噂とほど遠い方だわ。こんなに表情豊かなのに。

「一緒ですね、グレイグ様。私も甘いものは大好きです」

「フィオナも」

はい、と力を込めて頷いてみせる。

「どれだ」

選べと言っているのだ。

「どれもおいしそうで迷ってしまいます」

焼きたての見た目にも美しい菓子が並んでいる。

選ぶのを迷っていると、グレイグはひとつひとつどんな味なのか、端的に説明してくれる。

「グレイグ様はどれがお好きなのですか？」

選びあぐねて聞くと、グレイグはしばし考え込んで、ベリージャムの載った丸いタルトを指した。ジャムが美味い、と言った菓子だ。

「それをいただきます」

グレイグ自ら菓子を取り皿に載せてくれるから、心の中がほこほこと暖かくなる。バード家の茶会では客に勧めるばかりで、他人から至れり尽くせりでもてなしてもらったことはなかったのだ。

一口食べると、グレイグは窺うように顔を覗き込む。

「おいしい。ジャムの酸味がカスタードと生地にすごく合います」

そうだろうというようにグレイグが頷く。

馥郁たる香りのお茶においしい菓子。

フィオナがひとつ食べる間にグレイグは二つ食べ終えて、お茶のお代わりを頼んでいる。料理人も作りがいがあるだろう。おいしそうに食べるグレイグを見ていると、口元がほころんでしまう。

本当に好きなのね。

グレイグの口が重いのをドーラは心得ていて、主がしゃべらない分、フィオナの話し相手を務めてくれる。

毎日通っている礼拝堂のこと。今日初めて馬に乗ったこと。綿菓子のようだと言われた髪型は自分で結ったこと。

菓子に舌鼓を打ちながら、いろんなことを話す。

それを聞いているグレイグは、興味深げに身を乗り出したり、申し訳なさそうに肩を落としたりする。眉が下がったと思ったら、口角が上がり、そんなグレイグの饒舌な仕草に促されるようにして、フィオナのおしゃべりは弾んだ。

バード家に来る客相手には聞き上手に徹していた。夜会がないと母は外出していて邸にはおらず、食事は大抵ひとりだった。ジョンと話すこともあったけれど、こんなにしゃべった記憶はない。

母がいても食卓を囲むことは稀で、たまの機会にも会話をするというより、文句や愚痴を聞かされ、出来が悪いと叱られて、和やかに食事や会話を楽しむことは一切なかった。

フィオナにとって食卓は、寂しく居心地の悪い場所でしかなかったのだ。

「フィオナ様、お茶のお代わりはいかがですか？」

「いただきます」

香り豊かでまろやかな味わいは、ドーラの煎《い》れ方が上手だからだ。

グレイグは次々菓子を勧めてくれる。自分がおいしいと思う菓子をフィオナにも食べてほしいのだ。しかし、いくらひとつが小さく作られていても、さすがにグレイグのようにたくさんは食べられない。

「もうお腹いっぱいです」

「たった四つで」

「四つも、です。こんなに一度に食べたことはありません」

次に勧めようと大皿に手を伸ばしていたグレイグは、残念そうに手を引っ込める。その様子がなんだかかわいそうになってしまう。

手に取ろうとしていたのは、陶器に入ったプディング。卵色ではなくてチョコレート色をしている。

チョコレート味なのかしら。これもおいしそう。

「じゃあ、一口だけ」

気になってフィオナが言うと、グレイグはいそいそとプディングの器と新しいスプーンを手にしてひと匙《さじ》すくい、フィオナに差し出す。

食べろっていうの？　人前で食べさせてもらうなんて……。

まるで恋人同士のようではないか。

だが、断った時の寂しげな顔が脳裏に浮かんでしまう。あの顔を見たら心が痛むだろう。

表情を読めるのも考えものだ。

フィオナはおずおずと口を開けると、グレイグがそおっとスプーンを運ぶ。とろりと柔らかなプディングが舌の上に落ちる。フィオナは目を見張った。

「んーっ！」

チョコレートの風味が口いっぱいに広がって、足をじたばたさせてしまいたくなるほどにおいしい。

してやったり、の顔で、もうひと匙、と差し出すグレイグが憎たらしい。甘い誘惑に、口を開けずにはいられない。

「ううう、全部食べちゃった」

「仲睦《なかむつ》まじいことです。これでウォード家も安泰」

眦《まなじり》を下げたドーラは無意識に呟《つぶや》いたのだろうが、フィオナは一瞬で現実に引き戻された。

チョコレートプディングの幸せな余韻は吹き飛び、カップに伸ばしかけていた手をそっと引っ込める。

借金返済のために見合いをしたが、結婚はまた別な話だ。

グレイグ様はとてもいい方だわ。

会ったばかりのグレイグに強く魅かれている。言葉は足りないし、ちょっぴり変わっているけれど、それがなにより好ましい。

この方の妻になったら幸せになれるでしょうね。

子爵は借金を肩代わりしてくれると仲介人は言っていた。将軍職についているグレイグなら多くの資産があるだろう。

優しい方だから、借金も快く払ってくれるかもしれない。だけど…。

自分には過ぎた相手だ。

上位貴族と下位貴族とでは大きな隔たりがある。その上、グレイグは白鷺将軍だ。もっと似合いの令嬢がいるのではないか。

例えば、アンナ様みたいな…。

将軍の妻として、実家もそれなりの地位があり、人前で堂々と振る舞える女性が相応しいと思うのだ。

それに、私はバード家を継がなければならないもの。

グレイグはカップから立ちのぼる湯気の中に鼻を埋《うず》め、時折、ふうっと吹いて湯気を散らしては香りを楽しんでいる。いくつ食べたのか、大皿に並べられていた菓子はほとんど消えていた。

グレイグ様とお会いできてよかった。

マントをかぶせられて馬で連れ去られるという、スリリングな経験もしたけれど、心から楽しい時間を過ごせた。この先もずっと、いい思い出として自分の中に残るだろう。

帰ろう。

これ以上ここにいたら、帰るのが辛くなってしまう。

「グレイグ様、今日はお招きくださってありがとうございました」

実際は連れてこられたのだが、フィオナはそう言って頭を下げた。グレイグはカップを口元に運ぼうとしていた手を止める。

「そろそろ帰ろうと思います。できましたら馬車を出していただけますか。履物も何かお借りできれば嬉しいのですが」

ガチャンと音をたててカップを置くと、グレイグがフィオナの手を掴んだ。

「グレイグ様」

眉根を寄せ、無言でダメだと語りかけてくる。

「でも…」

帰さないと言わんばかりに手を強く握る。

引き止められると心が揺らぐ。本心ではもっとグレイグと一緒にいたいのだ。

「邸の者が心配していると思うのです」

「フィオナ様、バード男爵家にはすでに使いを出しております」

姿の見えなかったデボンが戻ってきた。フィオナが居間で寛いでいる間に、裏で手配していたのだ。

「急拵《きゅうごしら》えですのでお気に召さないかもしれませんが、お部屋の用意も整っております。どうか、しばらくご滞在ください」

「皆様にご迷惑じゃ…」

「この邸はお客様をお迎えすることが稀でございます」

「そうなのですか?」

グレイグの方を向くと、うむ、と頷く。

バード家にも客は来るのだ。白鷺将軍ともなれば、邸を訪ねてくる者が大勢いるのだと思っていたが、違うのだろうか。

「ですが…」

「台所頭などはフィオナ様に召し上がっていただこうと、夕食の下拵えに奮闘しております。他の使用人たちもお世話ができると張り切っておるのです」

そこまで言われると、帰ると言い張れなくなってしまう。

馬車がなければ帰れない。グレイグは手を放そうとしないから、馬車を出す許可をくれないだろう。

一晩だけなら…。

心が傾いていく。

足元を何かがするりと動いた。猫のクリスがどこからともなく現れて、フィオナとグレイグの隙間に飛び乗った。

「まぁ、クリス」

クリスはフィオナの太腿《ふともも》に前足をかけ、伸びをするように、ぐうっと顔をフィオナに近づける。

「つ…っ」

一瞬、ちょっぴり爪が立って太腿に痛みが走った。

「クリス、なりません。降りなさい」

「いいんです。このままで」

捕まえようとするドーラを止めて、フィオナは遠慮がちにクリスの耳の後ろを擽ってやる。柔らかな毛は触り心地がいい。

「猫はお好きですか？」

「はい。動物は好きです。飼ったことはないのですけど」

気持ちよさそうに閉じていた瞳がうっすら開く。隙間から、ちらりとフィオナを流し見る。ドキッとした。

帰るの？

思い込みかもしれないが、そう聞かれた気がした。猫が人の心を読むという話は事実だろうか。

「クリスも引き止めているようですね」

隙間から覗くクリスの瞳は、フィオナの心の中を見透かしているようだ。

嘘ついたってわかるんだよ、と。

邸に帰ったら、ジャンと借金の返済に頭を悩ます日々になる。

もう少し、このお邸にいたい。グレイグ様の傍に…。

「それでは、一晩、お世話になります」

フィオナと繋いだグレイグの手に力が入る。フィオナにはわかる。グレイグが喜んでいると。繋いだ手から思いが伝わってくるし、見た目には強面がぼやけただけで、お世辞にも笑みが浮かんでいるとは言いがたいのに、不思議とわかるのだ。

グレイグがクリスの背中を撫でて何か呟いた。

でかした、とおっしゃった？

様子を窺うと、猫を相手にする飄々としたグレイグがそこにいるだけだった。


歴史のあるウォード邸は無駄に広い。大は小を兼ねるというが、便利なようで不便なことのほうが多い。

ウォード邸を国王から賜り、父の邸から引っ越してきて思ったのは、暗いということだ。

古い建物は構造上、窓が小さい。たくさん設けて明かりが入るようにしてあっても、近年の建物と比べると光量が足りない。曇りや雨の日などは特に暗くてうっとうしいと感じる。

だが、フィオナは小窓の光を美しいと言った。キラキラしてモザイクのようだと。

小さな光が織り成す景色は、グレイグにとって日常で、たいして珍しいものではない。小窓から差し込む光が目の端にちらちらするだけで、特に意識したことはなかったのだ。

改めて、じっくり見てみた。

光が折り重なって壁に描かれた陰影は、フィオナが言ったからだろうか、きれいだった。しかし、嬉しそうに微笑むフィオナの瞳はもっとキラキラしていて、光のモザイクよりも美しい。

ただ、それが褒め言葉になるのか悩んでしまい、グレイグは伝えそびれてしまったけれど……。

古めかしい陰気な邸が、フィオナの言葉でとても素晴らしいものに思えてくる。

食事もそうだ。

貴族に交じっての会食は、黙々とただひたすら出されたものを食べる。

兵舎では兵士の話に耳を傾けつつ腹を満たす。

邸の食堂はデボンやドーラと話をしながら食事する。

グレイグの食事と食卓の認識はおおむねこんな感じだった。

ウォード家の食堂は奥行きがあって広い。真ん中に二十人以上がつける長いテーブルが二つも連なって、でん、と置かれている。先代時代は晩餐会《ばんさんかい》に使われていたのだろうが、端と端では顔も定かでないほど遠いテーブルは、ひとりで食事するグレイグには無用の長物だ。

戦場で使う簡易テーブルぐらいで十分だから、小さいものに変えてくれとデボンに頼めば、あっさり却下された。

『ご想像ください。食堂の広さと釣り合いが取れません』

ならば、居間で食べればいいと言えば、小言が返ってくる。

『奥様をお迎えになられてお子ができますれば、このくらいはあってもよろしいかと』

無意味な想像をするなと反論しても、年寄りは夢見がちなのでございます、などと嘯く。食えないヤツめ。

夢見がちな少女は聞いたことがあるが、夢見がちな年寄りはいかがなものか。

しかし、父はよい執事をつけてくれたと感謝している。独立する時、ライゲン家で働いていた使用人の中から生え抜きを選んでグレイグにつけてくれた。ウォード家を運営していく内も外も、貴族社会の右も左もわからないグレイグを、陰からしっかり支えてくれている。

見合いを渋るグレイグの背中を押したのはデボンだ。一度でいいから会ってみてはと言ったのも、邸に招待するように言ったのも。

どれもこれもデボンの思惑どおりに事が進むのは癪だから、礼は言いたくない。

けれど…。

ビオラの花が一輪あるだけで、虚《むな》しいだけの食堂がこんなにも彩られている。独り身を貫くつもりだったが、その考えはフィオナに会った瞬間から消えていた。

「お邸が大きいのでひとつひとつのお部屋も広いのですね。鏡の張られたお部屋も立派でしたが、食堂もなんて素晴らしい拵えでしょう」

リネンのクロスがかけられたテーブルの上と壁際に、銀の燭台《しょくだい》が等間隔で並んでいるだけで圧倒されたようだ。

「まるで絵画のようなタペストリー」

寒々しくならないよう石壁に巡らせたタペストリーが華やぎを与えている。

「見事な彫刻」

彫りが施された椅子は、よく見るとひとつひとつ微妙に違っていて、フィオナは興味深げに見比べている。

「夕食は落ち着いた場所で、ゆったりとした気分で味わえたら幸せです」

「暗い」

「あまり明るいと、これから一日が始まるみたいで、私は落ち着かないかもしれません」

そういう考え方もあるのか。

目から鱗だ。悪い悪いと不満を漏らすより、いいこと探しをする方がいい。

テーブルにつくと、デボンがさっそくワインの栓を抜く。

とっておきを出してきたな。

料理人も張り切ったようだ。次から次へと料理が運ばれてくる。ドーラの助言だろう、フィオナの皿の盛りはグレイグの半分だ。これなら、出てくる料理をすべて味わうことができる。

「このくらいの明るさなら、お料理もおいしく見え…」

話している途中で、あっ、と口元を手で隠す。

おいしくなくてもおいしそうに見えると誤解されると焦ったのだろう。

「二倍だ」

楽しめると言いたかったのだが、端的すぎただろうか。

「はい。本当においしいですし、盛りつけの美しさを目で楽しめて、二倍おいしく感じます」

彼女はどうして俺の言いたいことを理解してくれるのだろう。

言葉にしない思いを察してくれる若い女性は初めてだ。理解してくれる女性がいないわけではないけれど…。

母とドーラは若くないからな。

初対面で微笑みを浮かべる彼女との出会いは奇跡だった。だが、邸に帰ってから、それ以上の奇跡が起こってグレイグを感動させた。

デボンの小言から庇《かば》ってくれた。プディングも食べてくれた。恥ずかしげに小さな口を開けるフィオナは愛らしかった。

ほの暗い食堂に、陽《ひ》の光が差し込んでいるような錯覚を覚える。酩酊《めいてい》したような心地よさは、そこにフィオナがいるからだ。

料理を運んでくる給仕人に必ずありがとうと言葉をかけ、気さくに料理の質問をしている。そんなところも好ましい。少しはしゃぎすぎのような気がしなくもないが、自分との食事を楽しんでくれているのなら嬉しい。

「お菓子を食べすぎたのに、お料理までこんなにいただいてしまって、太ったらどうしましょう」

華奢《きゃしゃ》だから少しぐらい太っても俺は気にしないが、女性には言ってはいけないことぐらいはわかるぞ。

はらはらした様子のデボンを睨む。

食事が済むと、グレイグはフィオナを二階の部屋へと案内した。

広くて大変だろうから掃除など適当で構わないと、グレイグは事あるごとに言っていたが、やりがいがあると手抜きせずに掃除してきたドーラや下働きたちに、感謝の言葉をかけたい。

おかげで、古くても磨かれた邸にフィオナを招くことができたのだから。

フィオナのために、デボンは一番いい客間を用意したようだ。

「気に入ればいいが」

扉を開けると、フィオナは小さな歓声を上げた。

「わあっ！」

食事の間、姿が見えなかったドーラがさらに手を入れて整えたのだろう。グレイグの見知った簡素な客間ではなかった。

ソファーの上にはフリルのついた小花柄のクッションが並び、テーブル下のラグもカーテンも明るい色のものに替えられている。陶製の熊が壺《つぼ》を掲げ持つデザインのランプを見て、こんなものがうちにあったのか、とグレイグは目を疑った。

「なんてすてきなお部屋でしょう。まぁっ、熊がランプを持っています。かわいい！」

笑顔で見上げてくる。

かわいいのはそなただ。

フィオナは小走りで部屋の中へ入ってしまい、グレイグはまたもや言いそびれてしまった。

幼子のように熊のランプや壁の風景画を眺め、マントルピースの上に並べられている小物を興味深げに見入っている。

言葉を伝えるのは難しい。

戦場では瞬時に指示を出して檄《げき》を飛ばせるのに、あの混乱の場から離れると、途端に頃合いを見誤ってしまう。

フィオナに伝えなければならないことがある。グレイグは今こそと意を決し、口を開こうとすると、トントンと扉が叩かれる。

誰だ！

出鼻を挫《くじ》かれたグレイグは眉根を寄せて扉を開けると、ハーブティーの入ったポットや水差しを運んできた侍女がいた。身体を横にずらして入れてやると侍女は、恐れ入ります、とぺこぺこしながらワゴンを押して入ってくる。飲み物を運ぶのと、着替えを手伝うよう、ドーラに言いつかってきたようだ。

「まだお休みにはなられないでしょうから、こちらにお召し替えください」

「着替えはひとりでできますから」

「さようですか。では、済まされましたら御髪を整えさせていただきます」

控えの間に入って着替えたフィオナが戻ってくる。ドレス姿も愛らしいが、ゆったりしたアイボリーの普段着は、身体の線が消えた分、少し子供っぽく映る。

フィオナを鏡台の前に座らせて、侍女が香油のついた布で顔を拭う。化粧の落ちた顔を見られるのが恥ずかしいのか、フィオナは畏《かしこ》まっている。出ていけとは言えないのだろう。グレイグも席をはずすつもりはない。

髪飾りがはずされ、纏められていた髪が広がる。侍女が髪を梳《と》きすかす間、グレイグはその様子をソファーに座って眺めていた。

項《うなじ》が隠れてしまうのは残念だが、髪を下ろしたフィオナは妖精のようだと思った。

父に拾われ、怪我が治るまでの長い間、グレイグはベッドで過ごした。時折、母は絵本を読んでくれたが、それに出てくる挿絵の妖精に似ているのだ。

「今日は髪を結ってくれてありがとう」

「とんでもございません。明日もお手伝いさせていただきます」

侍女は嬉しそうな顔をして、寝巻きのしまってある場所などをフィオナに説明する。ハーブティーを煎れようとポットを手にしたが、フィオナが自分で煎れるからと言うと、用があれば壁の紐《ひも》を引けばすぐに来ると言ってあっさり下がっていった。

フィオナがハーブティーを煎れてくれる。そして、躊躇いなく隣に、少し間を空けていたけれど、腰を下ろしてハーブティーを一口飲んでほうっ吐息をついた。

「あまり顔を見ないでください」

色白の肌も、さくらんぼのような唇も、化粧を落としてもほとんど変わりがないのに、何を気にしているのだろうか。

「全然違います」

目を眇めただけで、フィオナはグレイグの考えを読んで、唇をむうっと尖らせる。思っていることが伝わるのは楽しい。笑いを堪えると、頬まで膨らんだ。

夢見がちなデボンの空想を無意味だと思っていたが、フィオナがいてくれたら、夢ではなく現実になるのではないか。二人の未来を想像すると心躍る。

「一晩お世話になるだけですのに、こんなによくしていただいて」

フィオナは明日帰るつもりのようだ。

好意、とまではいかなくても、嫌われていない自信はある。膨れっ面は消え、カモミールの香りを楽しみながら、微笑みかけてくれるのだから。

結婚する気があるから、フィオナは見合いをしたのだろう。邸に一度帰るにしても、求婚すれば受けてくれると思った。

よし、今こそ！

「フィオナ」

「はい」

「結婚してほしい」

フィオナは驚いた顔をした。

邪魔が入らぬうちにと思ったが、唐突だったか。いや、求婚する時は跪《ひざまず》くべきだったか。

「私…」

フィオナは視線を彷徨《さまよ》わせる。

「お父上に挨拶に伺いたい」

「父は…、私が物心つく前に亡くなりました。顔も覚えていないのです。実は母も、つい先日…」

亡くなったばかりで、邸にはひとりなのだと呟く。

「それは辛いことだ」

絹糸のような髪を撫でると、フィオナは涙ぐんだ。

「すみません。母が亡くなってから、邸の中が慌ただしかったものですから」

母を亡くして孤独を感じているのだと思った。

グレイグにはよくわかる。目の前で、家族がひとり、またひとりと命の灯を消した時、様々な感情が渦巻く中で、家族と共に旅立てるという安堵もあったのだ。

「恥ずかしいところをお見せしました」

儚《はかな》げなフィオナが愛《いと》おしい。孤独を癒し、支えて守ってやりたいと思う。

目元を染めたフィオナに、なんとも言えない色気が滲《にじ》み、ふいに、グレイグの欲望が呼び覚まされた。

ジェイドはグレイグを堅物と呼ぶが、聖人のように生きてきたわけではない。白鷺将軍の妻の座にと寄ってくる者はいた。そういう人間は歯牙にもかけなかったが、女性と身体を繋いだことは幾度もある。後腐れのない娼館の女たちで、あくまで性欲処理としての行為だったけれど。

だが、今、身体の中を駆け巡る欲望は、それとはまったく違った。グレイグの理性を押しのけて身体の奥から湧き上がり、暴風の如《ごと》く暴れまわっている。

フィオナが欲しい。

無垢《むく》な妖精を穢《けが》してしまいたくなる。

「グレイグ様？」

名を呼ぶ唇がグレイグを誘う。

グレイグはフィオナを抱き寄せると、その唇を奪った。

「ん、っ…」

柔らかな唇は菓子より甘く、グレイグを魅了する。角度を変えては幾度も啄み、もっと甘露を得ようと歯列を割って舌を差し込む。

カップの底に沈んだ蜂蜜を溶かすように、口腔《こうこう》内を舌先でゆっくり掻《か》き混ぜれば、わずかに抗っていたフィオナの身体から次第に力が抜けていく。小さな舌を搦《から》め捕《と》り、唾液を啜《すす》り、グレイグはフィオナの唇を解放した。

くたりともたれかかってくるフィオナの唇はふっくらと、赤く色づいていた。顔だけでなく、耳や首筋まで仄《ほの》かに染まっている。息遣いが荒く、瞳はとろりとして、意識が朦朧《もうろう》としているようだ。

初めてだったのか？

激しくしすぎただろうか。性急すぎないように意識すればよかった。しかし、唇に触れたら、抑えが利かなくなってしまったのだ。

口づけに動揺したのか、フィオナは両手で唇を押さえた。

「フィオナ」

名を呼ぶと、フィオナは頭を振った。

口づけを拒んだのか。

それとも、求婚の答えなのか。

たとえ、否やと返ってきても、フィオナを放すつもりはない。

柔らかな髪を撫でてグレイグはフィオナをきつく抱きしめる。

「……あ、ああ……」

フィオナの喘《あえ》ぐような吐息が肌蹴た胸元に当たった瞬間、湧き立つ欲望を抑え込んでいた最後の箍《たが》が砕け散った。

その気にさせてものにしてしまえばいい。

そう言ったのはジェイドだ。ヤツの口車に乗るつもりはないが、戦で勝機を逃がしたことはない。

「何も心配することはない。すべて任せておけ」

グレイグはフィオナを抱き上げると、寝台へと運んだ。

初めての口づけは甘く、唇が触れ合うたび胸の奥がきゅんとして、ときめきが止まらなかった。

だが、それもしばらくの間で、グレイグは次第に激しくフィオナを翻弄《ほんろう》し始めた。口腔内をグレイグの舌がまるで生き物のように蠢いてフィオナの舌に絡みつき、吐息すら奪っていったのだ。

唇を貪《むさぼ》られるたびに身体が熱くなって、自分が自分でなくなってしまいそうで……。怖かった。

いきなり馬に乗せられた時よりも、自分を変えてしまうグレイグが怖かった。

名を呼ばれる。

グレイグは何かを求めていた。

もっと激しい口づけを？

それとも求婚の返事を？

ぼんやりした頭では何も考えられなかったから、フィオナは頭を振った。それしかできなかった。

グレイグの好意を感じてはいたけれど、いきなり求婚されるとは思わなかった。結婚できないと考えていたのに、求婚されて思わず頷いてしまいそうになった。

グレイグ様の妻になりたい。

心は叫んでいるけれど、理性は無理だと否定する。

フィオナの理性を砕くようにきつく抱きしめられて、喘ぐような声が零れ出た。

グレイグの身体から立ち上る香りにくらくらする。

寝台に運ばれ、グレイグが覆いかぶさってくる。

「グレイグ様！」

フィオナはグレイグの身体を押しやろうとしたが、びくともしない。

「そなたが欲しい」

魅惑的な声に背筋がぞくりとした。

ダメダメダメダメ！

頭の中では必死に否定しているのに、身体は動かない。黒曜石の瞳が怪しい光を放ち、真っ直ぐにフィオナの心を貫く。

「嫌いか？」

フィオナは頭を振った。

好き。大好き。

そう正直に言えたなら、グレイグはどんな顔をするだろう。

「でも、今日お会いしたばかりです」

「そうだな」

同意したのに、グレイグの手は身体の線をなぞっていく。

「あっ！」

胸の膨らみに手が触れて、身悶えしてしまう。じんわりとした疼きが、膨らみの中央から全身に広がったのだ。

初めての感覚にフィオナは戸惑った。乳房を愛撫《あいぶ》されると、疼《うず》きがさらに強くなって、声が出てしまいそうになる。

唇を噛みしめる。そこにグレイグの指が触れ、緩んだ唇を再び奪われた。

唇を甘噛みし、舌先で紅を引くようになぞり、啄まれる。まるで問いかけてくるような口づけに、フィオナは無意識に応えていた。

胸元にグレイグの吐息が触れた。

うそっ、いつの間に…。

胸元がはだけ、乳房が露《あらわ》になっている。

「きゃーっ！」

身を縮めて胸を隠そうとすれば、両の手首をシーツに縫い止められる。黒曜石の瞳が見下ろしてくる。ランプの灯りの加減なのか瞳は怪しく瞬いていて、吸い込まれてしまいそうだ。

グレイグ様と結婚しないのに…。

下位貴族で多額の借金がある自分と、グレイグとは釣り合わない。わかっている。だから明日はバードの邸に帰るのだ。

でも、グレイグ様はおっしゃった。

『何も心配することはない。すべて任せておけ』と。

こんな私でも構わないの？

父の愛を知らず、母からは愛を与えられなかった。誰かに愛してほしかった。そうすれば、母の呪縛から逃れられる。グレイグに愛されたいと思った。

私は幸せになってもいいの？

「きれいだ」

乳首がつんと尖っていた。まるでグレイグの愛撫を待つように。

「見ちゃいや、見ないで！」

「嫌だ」

恥ずかしくて目を閉じると肌がピリピリする。グレイグが見ているのだ。愛らしいと囁く声が肌を撫で、乳首にグレイグの唇が触れる。

「あ…、んっ」

フィオナの身体が跳ねた。

「やっ、あぁぁ…」

舌先で乳首を押しつぶす。舐《な》め溶かすように転がされて尖りを弄《もてあそ》ばれると、嬌声《きょうせい》が零れる。

グレイグの手はいつの間にかフィオナの手首から離れ、乳房を揉みしだいたり、乳首をいじったりしている。そうされると、しびれるような波動が皮膚の上に広がっていって、全身を覆いつくしていく。

フィオナは慄《おのの》いた。身体の奥で鈍い疼きが始まったのだ。乳首をいじられるたびに、秘めたる場所が潤み始める。自分の身体がどうなってしまうのかわからない。

ここで引き返さなければ、という思いと、グレイグに奪われたい、という思いが交錯する。

「愛している、フィオナ」

ため息をつくような声に、フィオナははっとしてグレイグを見上げた。真摯な眼差しが見下ろしている。その瞳に嘘はつけないと思う。

この方にすべてお任せしよう。

心を決めると、微笑んで睫毛《まつげ》を伏せる。顔を見て言う勇気がなかったのだ。

「グレイグ様、あなたが好きです」

グレイグが息を呑んだ。驚いているようだ。

すぐさま、せわしなく服が脱がされ、抗う間もなく下着がはぎ取られる。裸体を晒《さら》すのは恥ずかしいが、グレイグのものになるという喜びが凌駕《りょうが》する。

俯《うつぶ》せにされ、ちりっとした痛みが肩口に走る。グレイグが嚙んだのだ。まるで獣のように。それから肌を強く吸っては、方々に朱痕を残していく。脇肌を撫でられ、擽ったさと快感にフィオナは身を捩《よじ》る。

「やっ、んん…」

そうするとグレイグは文字でも書くように、肌に指先で微かに触れていく。それがこそばゆくて、息が吐きどおしになって苦しくなる。

「グレイグ様！」

「大丈夫だ」

全然大丈夫じゃないと頭を振ると、グレイグがくすっと笑った。

「意地悪しないで！」

「していない」

してるじゃない！

背中や乳房や脇腹に、これでもかと口づけながら武骨な手で愛撫を重ねる。フィオナは息も絶え絶えに髪を振り乱し、与えられる快感に溺れる。

「ひっ…、ぁ、んっ」

下腹の辺りがきゅっと締めつけられ、太腿を擦《こす》り合わせる。あの場所からは蜜が溢れそうになっていることも感じていたから、必死に抑えようとしたのだ。

初夜をどう迎えるのか。正しい教育は受けていないけれど、どこで繋がるかは知っていた。夜会で赤裸々な夜の営みを暴露する貴婦人もいたからだ。

蜜が溢れてくるのは、グレイグを受け入れるためだ。

グレイグが服を脱ぎ捨てた。裸体が露になる。戦場で負った傷痕がいくつも残る、堂々とした体躯《たいく》だ。分身はすでに昂《たか》ぶり、天を突いている。

アレを入れるの？

想像していたのと大きさが違う。

「俺が怖いか？」

フィオナは再び頭を振った。

グレイグは怖くない。アレが怖いのだ。

するりと太腿が撫でられて、足を大きく左右に広げるよう促される。繋がるためにはそうしなければならないとわかっていても、羞恥心が勝る。

「できない」

拒否するも、力ずくで広げられる。

「やあっ！　あっ、こんなのっ…」

足を閉じようとしても、力ではかなわない。

恥ずかしい場所が露になったフィオナは、叢《くさむら》を両手で覆った。

グレイグの指先が膝から足の付け根に向かって太腿の内側を滑っていく。産毛をなぞるような指の動きがじれったくって足が震える。指の跡をなぞるように今度は舌を這《は》わせていくから、フィオナは腰を揺らめかせた。

グレイグの舌が足の付け根に辿り着き、フィオナの手に恭しく口づける。

退《ど》かせというのだ。

そんなことしたら見えちゃう。それに…。

まだグレイグのアレを受け入れる勇気が出ないのだ。

グレイグはフィオナの指の股の間をねろりと舐める。

「ひゃっ！」

そんなところが感じるとは思わなかった。じわっと快感が腕を上っていく。それでも手を退かさずにいると、グレイグはフィオナの両太腿の間に腰を進めて足が閉じないようにして、叢を覆っている手を摑んだ。

「ダメっ！」

抵抗も虚しくあっさり取り払われてしまう。

見られていると思った瞬間、あの場所がびくっと動いた。

「…やっ…見ないで」

怖い。

とうとうアレを入れられるのだと思った。だが、違った。グレイグがあの場所に顔を寄せて口づけたのだ。

「やっ、だめっ、そ、なの…、っ、ひっ」

舌先でちろちろと花弁を嬲られて、フィオナは引きつったような声を上げた。

卑猥《ひわい》な音をたてて、グレイグの舌は花弁を弄《まさぐ》り、溢れる蜜をすくう。

「ふぅっ、く……、んっ、ああっ！」

愉悦に声が抑えられない。

「いいのか？」

フィオナが答える代わりに、秘めたる場所はぱくぱくと動いて返事をしてしまい、ふふっと笑ったグレイグの吐息にすら感じて、フィオナは身悶える。それを楽しむようにしばらく悪戯《いたずら》してから、グレイグが舌先を蜜壺に差し込んできた。

「……っ！」

柔らかな舌が蠢いている。ぞくぞくした快感がフィオナに襲いかかる。

「あんっ、んん……んっ」

グレイグの舌は肉筒の壁をなぞり、蜜を掻き混ぜる。その動きに呼応するかのように、フィオナの秘めたる場所が蠢く。

なに？　あっ、どうして…。

勝手に動き出す身体にフィオナはなすすべもない。グレイグの愛撫はさらに激しくなって、ぐっと何かが差し込まれた。

「はぅ…くっ」

狭い場所をこじ開けるかのように、それが動くと小さな痛みが生じる。グレイグが蜜壺に指を入れたのだ。

「うっ、も、や…、グレイ…グ様」

ゆっくりと焦らすように出し入れを繰り返し、柔らかな舌と武骨な指が交互に肉筒を削っていく。ある場所を指で押されると、びくっと身体が跳ねて、蜜壺がグレイグの指を締めつける。

「ここか」

「ひっ！」

再び押されて今度はくたくたと力が抜けた。

小さな痛みは徐々に薄らぎ、さらに痛みが増えてまた薄らいでと、輪廻のように巡っていく。とろとろと蜜はとめどなく流れ出し、指の動きを潤滑にしている。

「けなげな身体だ」

グレイグが何か言ったけれど、自分の嬌声に覆われてあまり聞こえていなかった。産毛が総毛立ち、絞り出される疼きがフィオナを別な世界へといざなう。

身体がとけちゃう。

そんな錯覚に陥って、シーツを握りしめる。何かを握りしめていないと、身体を保っていられない気がしたのだ。

蜜壺はひくひくと躍動を繰り返し、グレイグの指を何本も飲み込んでいた。

くいと太腿が持ち上げられた。

流れ出る蜜を蒸発させてしまうのではと思うほどの灼熱《しやくねつ》が、秘めたる場所にあてがわれる。そして、ぐっと押し込まれる。

「……っ……く………」

半端ない痛みがフィオナを襲った。身体が真っ二つに引き裂かれるのではないかと思うほどだ。

「……あ……ぁ…」

フィオナは大きく目を見張って、グレイグを見た。自分の両足を抱えたグレイグが、眉根を寄せている。

フィオナはグレイグに手を伸ばした。

「かわいいフィオナ」

伸ばした手の指先に口づけて、するりと脇腹を撫でるとグレイグは腰を進める。

伸ばしていたフィオナの手が握りしめられる。

息を吐くたび、グレイグが確実に侵攻してくる。

まだ続くのか。まだ終わらないのか。

昂ぶりが身体を突き抜けてしまうのではないかと思うほど、奥まで入り込んでくる。痛みと苦しさで、自分の命が儚くなってしまうのではないか、と思う。

ほんの少しの間、意識が途切れていたようだ。ふうっ、とグレイグが吐いた息が、フィオナの腹にぶつかって静かに目を開けた。

グレイグが見下ろしている。

身体を動かそうとして、できないことに気づく。下肢がグレイグとひとつになっている。

ああ、私、グレイグ様と…。

ぽろりと涙が零れた。

「フィオナ。すまない」

なにがすまないのか、という意味で首を傾げる。

声は出るのだが、息が吸えないのだ。

「辛いか？」

辛い。痛い。身体が砕けそう。

けれど、グレイグの脈動を身体の中で感じられることが、これほど嬉しいとは思わなかった。

「平気」

強がった。グレイグのほうがよっぽど辛そうな顔をしていたから。

「そうか。動くぞ」

「え？」

身体に収まっていた昂ぶりが、ゆっくり出ていく。

ああ、これで終わったのね。

フィオナはほうっと息をつき、少し寂しく思った。もうちょっとだけ、ひとつになっていたかったのだ。しかし、そんな感傷は散り散りになった。再びグレイグが押し入ってきたのだ。

「ぐぅ……っ」

えぇ、どうして？

奥まで届くと、また出ていき、そしてまた入ってくる。

なんで？

肉筒が引きずられ、押し戻される。

平気じゃないよぉ。

強がるのではなかった。痛くて痛くてたまらない。グレイグがまたしたいと言っても、頷けるだろうか。

必死に痛みに耐えていたフィオナだったが、耐え切れずに叫んだ。

「痛い！」

「すまぬ。許せ」

グレイグの動きは止まらず、むしろ少しずつ早くなっていく。昂ぶりの張り出した部分でフィオナの肉筒を擦って削り取っていくようで、動かずにいたら痛くないのに、と恨みがましく思ってしまう。

しかし、グレイグの昂ぶりに肉筒を突かれていると、不思議な感覚が滲み出てくるようになった。ある場所を突かれると、身体が跳ねてしまう。指でも散々いたぶられた場所だ。

「ぅ……ぁあっ！」

「ここか？」

「ぁ……ぅ…く」

出し入れを繰り返されていると、不思議な感覚で痛みが覆いつくされる。

そこは、ダメ！

ぞくぞくとしたものが腰の辺りを這っていく。

「やぁんっ！」

甘い声が出た。グレイグはフィオナの声に気をよくしたのか、リズミカルに腰を動かし始める。それも、一点を狙《ねら》うように何度も同じ場所を突いてくる。

「ひぃぃ……や、ぁ……ん……あ、…あぁぁぁ……」

動きがさらに激しくなる。フィオナの腰を掴んで、グレイグが己の腰を進めてくる。もっと深く、もっと奥まで繋がれるように。

「ふぅん、あぁぁっ」

ぐちゅっと音をたてて入り、にゅちゅと音を変えて出ていく昂ぶりに、フィオナは翻弄される。

身体が揺さぶられ、シーツの上で髪がうねる。ベッドが軋《きし》み、ギィギィと耳障りな音を響かせているが、グレイグに合わせて腰を振るフィオナの嬌声で、ベッドの悲鳴は掻き消される。

角度やリズムを変えて、グレイグは蜜壺を掻き混ぜ、押し出された蜜が肌を伝っていく。そうして、小刻みな動きを止めぬまま、上体を倒したグレイグが口づけてきた。

「ん…、つむ……ぅう……」

苦しい。ものすごく辛くて苦しい。けれど、もっと深く繋がりたい。

フィオナは、グレイグの汗ばんだ身体にしがみついて必死に口づけを返す。

そんなフィオナの思いを察したように、昂ぶりがさらに奥までフィオナの身体を刺し貫く。

「……っ！」

グレイグの身体がフィオナの上で躍動し、ぽつぽつとフィオナの上にグレイグの汗が滴り落ちてくる。みっしりと筋肉のついた身体は疲れ知らずのようで、動きを止めようとしない。

それどころか、まだまだと言わんばかりに動きが速くなって、フィオナを鳴かせた。

「フィオナ。ああ、フィオナ」

突き上げられると、乳房が大きく揺さぶられ、やっと吸い込んだ空気が押し出されていく。

さらなる空気を求めてフィオナは呼吸するも、グレイグの動きに阻まれてしまい、上手く息ができない。

「もっ、やっ…、ふっ…んっ…」

名を呼ぶのも辛い。

「グレ、グ、さま」

どのくらいこうしているのだろう。互いの体液が混ざり合い、境目がなくなってひとつになったまま、腰の辺りの感覚はすでにない。繋がった場所から快感が、絶え間なく全身へと送り続けられている。

きつく抱きしめられて、フィオナは仰《の》け反《ぞ》る。

ああ、グレイグ様…。

途切れそうな意識の中で、フィオナは恍惚《こうこつ》の表情を浮かべていた。

グレイグはフィオナの髪を手慰みにして顔を眺めていた。

腕の中の寝顔はあどけなく、昨夜の痴態が嘘のようだ。だが、眠るフィオナの白い肌は艶《なま》めかしく、グレイグの昂ぶりを呼び覚ます。

「いかん」

グレイグは満足していなかった。

「苦行だ…」

すべて任せておけと言ったからには、無理をさせないつもりだった。一晩中でも繋がっていたかったけれど、一度だけで我慢したのだ。暴走しそうになる下半身を抑え込み、できるだけ辛くないように心がけたつもりだったが…。

後半、ほんの少しだけ我を忘れてしまったかもしれない。

「これからはずっと傍にいるのだ」

いつでも愛し合うことはできる。柔らかな微笑みも、歌うような声も、甘い唇も、グレイグを包み込んだ蜜壺も、すべて自分のものになったのだ。

心の中が何かでいっぱいになる。暖かく、わくわくして、全速力で走り出したくなるそれは…。

幸せとはこういうものなのか。

グレイグが噛みしめていると、扉がノックされた。

「グレイグ様、いらっしゃるのでしょう?」

鋭い視線を向けた扉から、遠慮気味なデボンの声がする。

わかっているのなら、もう少し気を利かせろ。

ため息をつくと、グレイグはフィオナを起こさないようにそっとベッドから起きた。床に脱ぎ捨ててあった服を着て、静かに扉を開けて部屋から出る。

「デボン…」

「まさかグレイグ様がジェイド様のようになるとは」

嫌みを交えて非難してくる。

ライゲン家で筆頭執事だったデボンは、グレイグの出自を知っている数少ないひとりで、父に拾われた時から現在まで、彼には世話になりっぱなしだ。

小言を言うのも自分のことを思ってのことだとわかっている。だが、ジェイドと同じだと言われるのは心外だ。

「妻にするのだ」

「だから構わないとおっしゃるのですか？　それは騎士の言葉とも思えません。こういうことはきちんと段階を踏みませんと」

フィオナを妻にするのは反対していないようだが、婚姻まではご自重ください、と釘を刺される。

わかった、とは言わなかった。

一度知ってしまったこの世のものとは思えない美味い菓子が、手に届くところにあるのだ。どうして我慢できようか。

「朝から何用か」

昼に近い時間だが、グレイグは言った。

「そうでございました。ジェイド様がお見えです」

早速見合いの成果を確認しに来たのだろう。

暇なのか。他にもっとすることがあるだろうに。

「急ぐ必要はない。待たせておけ」

「いいえ、お急ぎください。お怒りのご様子です」

グレイグは意味がわからなくて眉を寄せる。

ジェイドの思惑どおりになったのだから、喜んでいるのではないのか？

フィオナを紹介してくれたジェイドを無下にはできない。渋々階下に降りていく。すると、ジェイドはグレイグの顔を見るなり言った。

「どういうつもりだ。見合いをすっぽかしたな」

理不尽な非難に、フィオナの寝顔を堪能する時間を邪魔されたグレイグは、どっかりとソファーに座ってジェイドを睨んだ。

「見合いはした」

「誤魔化すな」

「誤魔化しておらぬ」

「おいおいおーい、得体の知れない娘にたぶらかされたんじゃないだろうな」

からかわれてグレイグはムッとした。

「そんな娘ではない」

「じゃあ、確かに見合いをしたと言うんだな」

グレイグが気色ばむと、ジェイドはまじめな顔になった。

「お前がしたと言い張る見合いの相手から、お前が来なかったと泣きつかれたのだぞ。いったい誰と見合いしたというんだ」

グレイグは目を眇めた。

「バード男爵家の令嬢だ」

ジェイドは首を傾げた。

「バード男爵家だって？　なんだそりゃ。俺にそんな知り合いはいないぞ」

「どういうことだ」

フィオナは見合い相手ではなかったのか？

「…ふむ、もしかしたら、何か手違いがあったのかもしれん」

最近ハニーガーデンは予約でいっぱいらしく、今回の見合いの場も、ジェイドが国王の威を借りてねじ込んだようだ。

「役人と喧嘩までしたんだぞ。さすがに薔薇の庭はダメだと言われて、結局ビオラの庭で我慢したんだが…」

なぜ、他人の見合いにここまで熱が入るのだろうか。

「これはマズイことになったかもしれんぞ」

ジェイドは腕を組み、うむーと考え込む。グレイグはジェイドが話すのを待った。

「お前が会った令嬢もハニーガーデンに見合いに来ていたのだから、本来の見合い相手がいるってことだ。仲介人を介しているのなら、お前も令嬢も下手をすると訴えられるかもしれん」

「どうなる」

「どうなる？　ああ、訴えられたとしたらか。面倒な相手だと裁判だな。白鷲将軍を訴える者がいるかどうかだが、勝てば結構な賠償金を取れるからなぁ。裁判にならなくても、違約金は取られる。こっちは、ま、大した額ではない」

裁判は面倒だが、グレイグはフィオナを手放す気などない。

「先に言っておくが、俺はお前を訴えたりしないぞ」

ジェイドがにんまり笑う。

俺はどうでもいいが、フィオナは仲介人と見合い相手から訴えられる可能性があるということか…。

金を払えというのなら、フィオナのためにならいくらでも払う用意はある。

武勲で貰《もら》った褒美はほぼ手つかずに残っている。父たち家族に贈り物をしたり、使用人たちに多めの小遣いを渡す程度で、グレイグ自身はせいぜい武具を新調したり手入れしたりする程度で、貯《た》まる一方なのだ。

毎月新たな衣装を仕立てているジェイドには着たきりスズメとからかわれるが、ほとんど軍服で過ごすのだから、服など数えるほどで十分だ。とはいえ、邸には何かと世話焼きの使用人がいるので、定期的に仕立屋がやってくるけれど…。

「対処する」

「いや、だからさ、俺は訴えないって言ってるだろうが。お前のために、心に傷を負った見合い相手の令嬢をなだめてきたんだぞ。夜会にエスコートする羽目になって、少しは――」

ジェイドはいかに苦労したかを語り出す。

話が済んだのならとっとと帰ってほしい。このまま長々と居座られて、もしもフィオナと顔を合わせることになったらと思うと、心中穏やかではいられないのだ。

グレイグはフィオナに自分の出自を打ち明けていない。昨日話してもよかったが、話す機会を見つけられなかった。もちろん、彼女が正式に妻となる前に言わなければならないと思っているが、二の足を踏んでいる。

グレイグ・ウォードがライゲンの養子だということは公になっていて、遠縁の子供を引き取ったとされている。しかし、グレイグは隣国の最下層民の出だ。父は恥じることはないと言ってくれたし、自分でも気にしなくなったが、この国の貴族で父のような人間は稀なのだ。

フィオナが自分の出自を知ったら、騙《だま》されたと思うのではないか。血筋正しいジェイドに会えば、フィオナは惹《ひ》かれてしまうのではないか。

ジェイドは数多くの浮名を流すだけあって、女性受けするハンサムで華やかな貴公子だ。外見だけでなく、巧みな会話で女心を操り、幼い少女から老齢の女性まで魅了する。

建国時から国王に仕えてきた一族の出でもある。ジェイドは、そんなものなんの役にも立たないと一笑に付すけれど、立派な家柄を自慢に思ったり魅かれたりする者は多いのだ。

いや、フィオナに限ってそんなことはない。そんな女性ではない。

信じていても、危険な因子は前もって排除しておくべきだ。

「すまなかった」

用は済んだとばかりにグレイグはソファーから立ち上がる。とっとと帰ってくれという意思表示だ。フィオナが目覚めた時、傍にいたいのだ。

「なんだぁ？　追い返すのか？　わざわざ来てやったのに」

ジェイドは不満げな顔をしたが、グレイグは取り込み中だと追い返した。


「……ここは？」

目が覚めたフィオナは自分がどこにいるのかわからなかった。広がる空間は見たことのない豪華な部屋だ。戸惑い、徐々に記憶が蘇《よみがえ》る。

馬に乗せられてグレイグ様の邸に来て、一晩お世話になることにして、それから…。

「あっ…！」

叫びそうになって声を呑み込む。静かに首を動かして隣を見てから、止めていた息をゆっくり吐き出した。

グレイグ様、いない。

ほっとするのにどこか寂しくて、矛盾した折り合いのつかない心持ちにフィオナはむうっと唇を尖らせる。

「よかったのよ。だって、隣にいたら何を話していいのかわからないもの」

だが、いずれ戻ってくる。その時はどうしたらいいのだろう。

手立てを考えなければならないのに、昨夜の出来事が鮮明に浮かんでくる。うーと呻いて両手で顔を覆っても、目で見ているのではないからあまり意味はない。

「会ったばかりの方と…」

身体を繋げてしまった。

後悔はしていない。自分でも納得して抱かれたのだ。グレイグを愛している。彼に愛されているのもわかる。昨晩嫌というほど身体に教えられたのだから。

「だけど、邸の人たちはどう思うかしら」

はしたない娘だと思われるのではないか。

「そうよね。絶対そう思うよね。求婚の返事もしていないのに」

尻込みしている自分がいる。

「だって、白鷲将軍なんだもの」

黒熊将軍の義理の息子で、国王の信頼もある超がつく有名な上位貴族だ。ただの小金持ちの子爵ではない。気軽に結婚を決められる相手ではないのだ。

頭を抱えていると、ノックの音の後に遠慮気味な声が聞こえた。

「フィオナ様、お目覚めですか？」

ドーラだ。

「はっ、はいっ！」

フィオナは飛び起きたものの、倦怠感《けんたいかん》と下半身の鈍い痛みに呻き、素っ裸の自分を目の当たりにしてワタワタする。

近くに羽織るものはない。普段着はソファーの背もたれに引っかけられている。下着もそこに集められているようだが、急いで着られるだろうか。寝巻きの場所を聞いていたからそれを借りれば、とベッドから出ようとして思った。

普段着や下着を誰があそこに置いたのか、と。

グレイグ……さ、まが？

「フィオナ様、入ります」

「は、ええっ！」

フィオナは慌てて上掛けをかぶると、ドーラが入ってきた。

「おはようございます」

「お、おはようございます」

上掛けから顔を少し出す。

「お身体は大丈夫ですか？」

「はい？　あ、いえ、あ、その…」

昨日のこと、ドーラは知って…、うそーっ！

ドーラはなんでもないことのように話しているが、フィオナは上掛けの中に潜り込んで、中で赤くなったり青くなったりする。

「グレイグ様は急な来客がございまして」

「…そ、そうですか」

チェストやクローゼットを開けて、何かを取り出している音がする。

どうすればいいの？

上掛けの中で考えても答えが見つかるわけはなく…。

「さあ、お出ましください。隣のお部屋に湯浴みの支度ができております」

上掛けから顔を出すと、ローブを広げたドーラがにっこり微笑む。フィオナは観念して身を起こした。

続き部屋には、衝立《ついたて》の奥に湯がたっぷり張られた大きなバスタブがあった。ハーブブーケが浮いている。

「いい香り」

「庭で育てているハーブです。リラックスできますよ。さあ、フィオナ様」

ローブを脱ぐように促され、フィオナは襟元を握りしめる。

「いえ、あの、自分でしますから」

「遠慮なさいますな。私にお任せください」

有無を言わさずローブを脱がされる。裸もさることながら、身体中に散ったグレイグのつけた朱痕が問題なのだ。

見られたぁぁ……。

身体を小さくして蹲《うずくま》ったフィオナに、大丈夫でございますよ、とドーラが優しく声をかけてくる。

「万事、心得ております。さあ、お手を」

このまま裸でしゃがんでもいられない。フィオナは意を決し、立ち上がってドーラの手を借りるとバスタブに身体を沈める。だが、見られていると思うと手足を伸ばすのが躊躇われる。

バスタブの中で身体を小さくしてちんまり座っていると、ドーラがバスタブに薄絹をかけてくれる。胸元はしょうがないが、これで身体のほとんどは薄絹に隠れる。

「ありがとう。私、こういうのに、その、お世話してもらうことに慣れていなくて」

「なんでもご自分でなさっていたそうですね」

「変でしょう」

「グレイグ様はライゲン家に来られた当初は、湯殿で大暴れなさって大変でございました」

「大暴れ？　グレイグ様が？」

何事にも初めてがあって、おいおい慣れていけばいいとドーラは言っているのだ。

「内緒でございますよ」

「ええ、二人の秘密ね」

バスタブの縁に頭を乗せるように言われ、フィオナは素直に従った。こうなったらドーラにすべて任せるしかない。

身体の力を抜いて寝そべるように手足を伸ばすと、無意識に、ふうっと息を吐いていた。気持ちいい。

ハーブの香りに癒される。

「お湯加減はいかがですか？」

「ちょうどいいです。たくさんお湯を沸かすのも運ぶのも大変でしょうに」

「喜んでいただけたと、下働きの者に伝えます」

手足を伸ばして湯に浸《つ》かったことはない。バード家には盥《たらい》を大きくしたような浅いバスタブしかなかったからで、下位貴族の邸はどこも同じようなものだ。

母の雇った使用人はフィオナの頼みを聞いてくれないから、下働きの老女が気を利かせて湯を運んでくれたが、自分で運ぶこともあった。湯を沸かすには薪がいるし、運ぶのも結構な重労働だから、いつも少しの湯で我慢していた。

「こんなに大きなバスタブを使ったのは初めてです」

「これほどのものは、めったにございませんでしょう」

「グレイグ様は湯浴みがお好きなのですね」

「それはどうでしょうか…」

大きなバスタブを邸に置くほどだから、当然好きなのだと思ったが…。

「違うのですか？」

「グレイグ様は水浴びのほうがお好みのようです」

たくさん湯を沸かしてもらってまで入ろうという気がないようだ。

「コンラッド様がお好きなのでございます」

ライゲンの邸にはバスタブの置かれた浴室とは別に、このバスタブの何倍もの大きさの、タイルを貼って作られた湯殿というのがあるらしい。

「このバスタブは、グレイグ様がこちらに住まわれる時にコンラッド様が贈られたものなのですが、これまではあまり出番はございませんでした。フィオナ様がお使いになれば、コンラッド様もお喜びになるでしょう」

ドーラは私がここに住むと思っているのね。

「御髪を洗いましょう」

頭をマッサージされ、髪を洗った後は海綿で身体も擦られた。

バスタブに浸かっている間、清水で冷やしたオレンジの果汁で喉を潤し、小腹がすいただろうと出された干したイチジクやブドウを味わった。

まるでお姫様になったよう。だけど、なんだか私には分不相応で落ち着かないわ。

髪も肌もつるつるピカピカになったフィオナは、用意されていたドレスを着せてもらう。

「急でしたので、間に合わせのドレスで申し訳ございません」

「そんなことないです。ぴったりで、まるであつらえたみたい」

柔らかな生地の、ゆったりと着心地のいいドレスだが、肩や腰回りは身体に沿っている。昨日のうちに既製品を取り寄せ、針の得意な侍女たちが手直ししたのだろう。色も黄色とオレンジが混じったような淡い色で、原色や色の濃いものばかり着るよう言われてきたフィオナには嬉しい。

サンダルは少し大きいが、踵《かかと》についているリボンを足首に結ぶ形なので、脱げることなく歩くのに支障がないようになっている。至れり尽くせりだ。

嬉しいけど、気が引けちゃうな。

身支度を整えたフィオナが緩く右にカーブした階段を降り始めると、グレイグが下で待ち構えていた。

お客様がいらしてたんじゃないの？

心の準備ができていないので、足が止まってしまう。

フィオナが下りてくるのを待っていたグレイグは、フィオナが動かなくなってしまったので待ちくたびれたのか、迎えるように階段を上がってきた。

「起きたのか」

その声やめてぇ。

耳元で囁かれ、抱き寄せられる。グレイグはフィオナを大事そうに腕の中に収めると、髪や額に口づけ始めた。昨日の熱が蘇って腰が砕けそうになる。

「皆が見ています」

やだっ、お腹の奥がうずうずする。

後ろからはドーラや侍女がついてきているし、階下では、デボンや使用人たちが階段の途中で抱き合っているフィオナたちを見上げている。

「気にするな」

「でも…」

グレイグ様は恥ずかしくないのかしら。

邸の使用人は石ころと一緒で、転がっているのなら美しい方がいい、と言ったのは母だったか、それともバード家に来た客だったか。

忘れてしまったが、それを聞いた時、そんな境地に至ることは一生ないとフィオナは思った。生まれや育ちが違っても、話をすれば親しみも湧く。同じ人なのに、と。

恥じらうフィオナの気持ちを汲んだのだろう。グレイグが振り返って階下を見下ろす。デボンも察したようだ。手を動かして使用人に散るよう指示し、階下の使用人たちは各々《おのおの》別の場所に向かって動き出した。背後にいたドーラと侍女は回れ右をして二階に戻っていった。別の階段から降りるのだ。

「フィオナ」

これでいいか？　という顔だ。

デボンたちにかえって気を遣わせてしまい、申し訳なく思う。彼らは客であるフィオナが起きてきたので出迎えただけなのだ。上位貴族の暮らしは、多くの使用人の存在に慣れなければならない。

グレイグ様の愛を受け入れたけれど、やっぱり、私は上位貴族に嫁ぐのは無理なのかな。

「不安にさせたか」

「お客様がお出《い》でだと伺いました」

「悪かった」

眉尻が心なしか下がっている。客の相手をしていて、ひとりきりにしたことを謝っているのだ。

ああ、どうしてなのかしら。

美辞麗句を並べ立てるのでもなく、たった一言なのに、グレイグの言葉は心に響いてくる。

バード家で派手な令嬢を演じていたころは、多くの貴公子や紳士から甘い言葉や恋の誘いを受けた。嬉しそうな顔で受け答えしていたのは、母に叱られるから演技をしていただけで、どの言葉もフィオナの心に届きはしなかった。

夜会が終わると心底疲れ果て、笑顔を作り続けた顔のあちこちを指で押して、強張りを取らなければならなかった。母の命令とはいえ、バカなことをしていると自責の念に駆られたものだ。

頬にグレイグの指が触れ、顔を覗き込まれる。嫌なことを思い出して曇った顔を、怒っていると勘違いしているのだ。

お気になさらないで、とフィオナは微笑んだ。

「グレイグ様はお忙しいのでしょう？　私のために無理に時間を作ってくださらなくても……」

「無理ではない」

不機嫌になってしまわれた。

よかれと思って言ったことが仇《あだ》になったようだ。

「それならばいいのですが…。お客様はもうお帰りになられたのですか？」

「追い返した」

黒曜石の瞳が煌めく。上手く帰らせたから褒めてほしいと言わんばかりの顔で、とても大軍を率いる白鷺将軍には見えない。

「大事なお客様だったのではないのですか？」

「構わん」

面倒な客だったようだ。顔でわかる。

「身体は大事ないか？」

「あ、は…い」

中途半端な返事になってしまい、グレイグは辛いと判断したようだ。抱き上げようとする。

「平気ですから！」

疑いの眼差しに、本当です、と両の拳を何度も上下に振って訴える。納得していないようだが、抱き上げられるのは回避できた。代わりに、下ろしたままの髪をいじられる。

髪を下ろしたままでいるのはあまりいいことではない。湿り気が残っているので、後で侍女が結ってくれることになっているのだ。

「湯浴みをしたのです。大きなバスタブで驚きました。ライゲン様から贈られたものだとドーラから聞きました」

「父は湯浴みが好きなのだ」

げんなりしているみたい。

「ライゲン様のお邸には大きな湯殿があるのでしょう？」

ある、と眉間に皺が浮かべて遠くを見る。

湯殿にいい思い出がないのかしら。

グレイグが、すん、と鼻を鳴らす。

「いい匂いがする」

「私ですか？　あっ、きっとハーブです。お庭で育てているというハーブを、ドーラがお湯に浮かべてくれたのです。多分、その香りが…」

グレイグが鼻先を突っ込んで、くんくんと犬のように髪の匂いを嗅ぐ。

「グレイグ様、擽ったいです」

吐息が耳や首筋を撫でていく。臭いを嗅いでいるのに、まるで自分の匂いをつけるように、額を擦りつけられる。擽ったくって肩を竦めているうち、背中に階段の手すりが当たって逃げ場がなくなる。目の端に、階段の手すりの上を茶色の毛皮が上ってくるのが見えた。

「クリス！」

グレイグの意識がクリスに向いたのを見計らい、今がチャンスだ、とばかりにフィオナはグレイグをいなして一段降りる。

滑らかな毛皮に触れたい。クリスに手を伸ばすと、クリスより一回り小さな白猫と黒猫が後をついてきているのに気づく。

「かわいい。まるで対のよう。クリスの他にも猫がいるのですね」

際限なく拾ってくると、デボンが言っていたわ。犬や猫がもっといるのかしら。

フィオナはクリスにそっと手を近づける。クリスは指先に鼻を寄せてすんすんすると、手の甲に顔を擦りつけてくる。

ふふっ、グレイグ様と同じことしてる。…違うわ、グレイグ様が猫みたいなことしたのよ。

破顔して、もっとクリスに触れようとした途端、後ろからにゅっと手が出てきてクリスから引き離される。

「グレイグ様！」

クリスがグレイグを見ている。グレイグもクリスを見ている。張り合うように、互いに視線を外そうとしない。

先に視線をはずしたのはクリスだった。興味がなくなったとばかりに、ふいっと顔を背けると、手すりを駆け上がっていく。

「あ…」

白黒二匹もクリスを追っていってしまった。

もふもふしたかったのに。

グレイグは勝ち誇ったような顔をしている。

「クリスと張り合われたのですか？」

グレイグはきゅっと眉間に皺を寄せ、ばつが悪そうな顔になってそっぽを向く。

「くふっ、ふふっ、うふふふ」

口を押さえても笑いが零れてしまう。近づきがたい恐ろしい将軍どころか、こんなにかわいらしい方はいないと思う。

「笑ったな」

「ごめんなさい。でも、おかしくて」

「笑ってくれ」

笑えと言われるのが嫌だった。母に言われるたびに無理をしたから。だが、今は自然と笑みが零れてくる。

「愛している、かわいいフィオナ」

グレイグの囁きに鼓動が早くなる。部分的におぼろげだけれど、昨夜、幾度も繰り返してくれた言葉だ。こうしてモザイクの光に照らされて告げられると、また新たな感動がある。

身体が熱くなってくる。覚えているのだ。愛されたことを。

上流社会に馴染めるのか不安はあるけれど、それを覆い隠してしまうほどに、グレイグへの思いが溢れてくる。

求婚の返事をしていないのに、心はすでにグレイグに囚《とら》われているのだ。

見つめ合うと、黒曜石の瞳に自分の顔が映っているのが見える。頤《おとがい》にグレイグの指先が触れる。

グレイグが身をかがめ、フィオナが目を閉じようとしたところに、

「仲睦まじいことでございますが、そろそろお食事になさってはいかがですか？」

と、声がする。

目を見開いたフィオナはグレイグを突き飛ばして離れた。

やだっ！　こんなに見晴らしのいいところで。

緩くL字型にカーブを描く階段は、二階からも一階からも丸見えだ。

グレイグはむっとした顔で階下を見下ろした。自分を突き飛ばしたフィオナより、邪魔をした声の主に腹立ちを向けているのだ。

一階からドーラが見上げていた。

「はい、行きます」

「フィオナ」

捕まえようとするグレイグからフィオナは逃げた。グレイグの口づけが嫌なのではないのだ。

捕まったらドーラの前で口づけされちゃうもの。

奇跡的にグレイグの手を逃れたフィオナは、身体が辛いのも我慢して、すたたたたと階段を駆け降りる。

伸びてきた手をかわせたのは、ドルフが駆け上がってきてグレイグに飛びついたからだった。

食事を終えたフィオナたちはデボンに勧められて庭へ出た。庭には猫がいます、というデボンの言葉に釣られたのだ。しかし、ウォード家の庭は思いのほか広かった。

「すごく大きな木ですね」

四方八方に枝を伸ばした欅《けやき》の巨木があった。欅の下にある石のベンチには白いクロスがかけられ、薄い円形のクッションも置かれていた。デボンが勧めた時にはすでに用意してあったのだろう。

ベンチ脇の石のテーブルの上にもクロスがかけられ、菓子と茶のセットが置かれている。これはフィオナたちと一緒に来た、ドーラが運んできてくれたものだ。

世話を焼こうとしたドーラにグレイグが不満を露にしたので、お任せします、とフィオナに頼んで邸に戻ってしまったけれど…。

いてくれたらよかったのに。

フィオナはドーラが戻っていった道を恨めしそうに見つめた。

グレイグと二人きりだと緊張してしまう。ドキドキしたりもじもじしたりするのは、緊張とは少し違うのかもしれないけれど、グレイグがくっついてくるとどうしても意識してしまう。

猫ちゃんはいないし。

デボンの言うとおり庭にはいるのだろうが、気配すら感じない。

クリスやドルフがいたら、グレイグ様と二人でも平気なのに。とにかく、距離を置けばいいのよ。

「私、お茶を煎れます」

少しでも離れていればと立ち上がると、グレイグに腰を掴まれる。

「きゃっ！」

ふわりと身体が浮いて膝の上に乗せられた。

ひゃ〜っ。

計画は脆《もろ》くも崩れ去り、フィオナには最悪の結果となった。

グレイグの体温が伝わってくる。そうすると、昨日の彼の熱い肌を思い出してしまい、顔が熱くなってくる。隣に座っていた方がマシだった。

身体が変になっちゃう。

「下ろしてください、グレイグ様」

フィオナが身を小さくして訴えてもグレイグは大事そうに抱え込み、頭を振ってダメだと意思表示する。

「お茶が冷めてしまいます。甘いお菓子もありますよ」

なんとか好きな菓子へと意識を向けさせようとする。食事をした後だから、フィオナは食べられないがグレイグは平気だろう。

「フィオナの方が甘い」

だが、グレイグは菓子に見向きもせず、フィオナの頬に口づける。

「私はお菓子じゃないです！」

「菓子より甘い」

そう言って、グレイグは首を竦めるフィオナの唇を啄んだ。

「逃げないのか？」

窺うように聞いてくる。階段で逃げたのを気にしているのだ。

「人前では恥ずかしくて」

グレイグの口角が上がり、嚙みつくように口づけてくる。

「んっ！」

ひとしきり貪ってから、優しく食《は》み、舐め、吸い、菓子を味わうように口づける。フィオナは陶酔した。愛された蜜壺が、意思とは裏腹にきゅっと引き締まるように蠢く。まるで、昨日の続きをせがんでいるようだ。

「ふ、ぅっ…」

グレイグの唇がちゅっと音をたてるたび、心臓が跳ねて、休む暇もない。働きすぎて壊れてしまうのではないか。

ぺろりと唇を舐めて、グレイグが名残惜《なごりお》しそうに唇を解放する。フィオナは恥ずかしくてグレイグの肩に顔を埋めた。グレイグがそっと髪を撫でてくれる。

「本当に辛くないのか?」

グレイグが聞いた。ずっと気にかけていたようだ。あの時、中途半端な返事をしなければよかったと思う。

まったく痛みがないわけではない。グレイグの身体に見合った大きな昂ぶりが身体を貫いたのだ。鈍い痛みが残っているし、身体を動かすのは辛い。

「辛くないと言ったら嘘になりますけど、ご心配には及びません」

その痛みこそがグレイグの愛の証《あかし》だと思うと、痛みも愛おしいのだ。

同じ痛みなのにこうも違うのかと思う。母にぶたれた痛みは、心も傷ついたから。

「無用か」

グレイグの沈んだような声に肩から顔を上げた。

……そんな顔しなくても。

睫毛の角度がほんのちょっと変わっただけだ。気づかない人が大半だろう。だがフィオナには読み取れてしまう。グレイグの心は曇天だと。

大丈夫だって、わかってほしかっただけなのに。

「心配してくださるのは嬉しいです」

フィオナは微笑んだ。

手を差し伸べられ、大事そうに抱きしめられて、まるで、自分がグレイグの宝物になったようだから。

「そうか」

「はい」

グレイグの表情に晴れ間が見える。フィオナは自分からグレイグの首にぎゅっと抱きつくと、お茶を煎れますと言ってグレイグの膝の上から下りた。

グレイグに邪魔されることなく膝の上から下りられた。フィオナの大胆な行動に、グレイグは驚いて固まっていたのかもしれない。

「冷めてしまいました。いい茶葉なのに」

苦みも出ているだろう。

「今日は暑い」

冷めているのでいいということのようだ。フィオナがカップを渡すと、グレイグはごくごくと喉を鳴らして飲む。

確かに、今日は少し暑い。フィオナもグレイグの隣に座りなおして喉を潤した。

太陽は真上をちょっぴり過ぎた辺り。昼過ぎだろうか。

欅の葉の隙間から降り注ぐ光は、邸の壁に描かれた光のモザイクと同じように、二人を飾り立てている。

風で揺れる木の葉が織りなす美しい木漏れ日を、二人は眺めていた。会話がなくても、繋がれた手のように心も繋がっている気がする。自然体でいられる素晴らしさを、フィオナは実感していた。

「きれいだ」

「ええ、とっても」

木漏れ日の眩しさにフィオナは目を細める。

「そなたのほうが」

耳に響く甘い声に、フィオナはぱっと横を向く。黒曜石の視線がぶつかって、かあっと顔が熱くなる。

意図せずにか、意図してなのか、グレイグの言葉はフィオナの感情を波立たせる。

「恥ずかしいのか？」

「意地悪です」

グレイグの片眉が上がる。心外だと言いたいのだ。

「似合っている」

「ドレスは昨日、侍女たちが手直ししてくれたようです。手間を取らせてしまって」

「気に入らないか？」

「いいえ、とても着心地がいいのですよ。好きな色ですし」

「そうか。かわいい」

「ありがとうございます」

グレイグに裏がないことはわかっているから余計に恥ずかしい。

「あのっ、グレイグ様は王宮に行かなくてもいいのですか？」

フィオナは赤らんだ顔を誤魔化すように話題を変えた。

「ああ」

将軍とは戦のあるなしに関係なく、常に忙しいのだと思っていた。

「お仕事があるのでは。あっ、一緒にいてくださるのは嬉しいのです。でも…」

王宮で役人との会議や、もちろん国王と顔を合わせることもあるだろう。王宮の近くには兵舎が林立していて、独身の兵士で希望する者や地方から出てきて兵役についている者などが大勢暮らしている。彼らの訓練に立ち会い、部下と剣の練習をしなくてもいいのか。

「しばらく出仕しない」

お忙しいからお休みを貰ったのかしら。

「陛下から出仕を止められた」

「えっ？」

クビ？　まさかね。そんなことあるはずないわ。

グレイグは王国三剣の一振りだ。その一振りを国王が折ることはない。

近々国境に向かわれるとか…。

だから国王が休息を取るように出仕を止めたのではないか。

「出兵されるのですか？」

恐る恐る聞いた。

「いずれは」

「そう、ですよね」

怖かった。グレイグを失うかもしれないと思うと、泣きたくなってくる。

結婚して、グレイグ様の傍にいるようになれば、常にこんな気持ちになるの？

行ってほしくない。だが、妻ならばなおのこと、口にしてはいけない言葉だ。

私は求婚の返事もしていないんだもの。臆病な私には、行かないでなんて言う資格はないわ。

今ここで、すべてをゆだねてしまえばいいのかもしれない。グレイグが好きだ。妻になると言えばいいのだ。けれど、二の足を踏んでしまう。

フィオナが唇を噛んで俯くと、グレイグの指が頬を撫でた。

「心配ない」

グレイグに抱き寄せられる。

「どんな苦境に立たされても俺は生き抜く」

目の前に右の小指を差し出される。フィオナは小首を傾げた。グレイグが何をしたいのかわからなかったのだ。グレイグはフィオナの右手を取って細い小指に自分の指を絡める。

「約束の印だ」

「グレイグ様」

フィオナも同じように小指を絡める。

「必ず」

「約束です」

「うむ」

絡んだ小指にグレイグが口づける。フィオナはその反対側に唇を寄せた。

「仕立屋を呼ぶ？」

「はい。今から使いを出そうと思っております」

グレイグは渋い顔をした。

「仕立屋が必要か？」

昨日フィオナが着ていたのは既製品らしいが、とても似合っていたし、フィオナも喜んでいた。

「既製品はしょせん既製品でございます。レディにはきちんと仕立てたドレスでなくては。きっとお喜びになられますよ」

「う、むぅ」

喜ぶと聞けば呼べと言いたくなる。だが…。

「グレイグ様にもあつらえねばなりません」

こう来るから嫌なのだ。

「無用だ」

「お揃《そろ》いの生地で仕立てられてはいかかですか？　お二人が並んだところを見とうございます」

フィオナとお揃い。フィオナと…。

想像してみたものの、おしゃれにまったく興味のないグレイグにはちっとも浮かんでこない。

「それはそれはお似合いでございましょうなぁ」

嫌なところを突いてきたデボンは、うっとりした顔で天井を見上げて想像を巡らしている。

くそっ、デボンめ。自分だけ楽しそうに。

だが、ここでデボンの思惑に乗るわけにはいかない。後々ろくなことにならないとわかるからだ。

「俺はいらん」

「何をおっしゃいます。それ相応の装いは必要でございます」

「伸びてはおらん」

にょきにょき伸びるから、仕立てても、仕立てても追いつかないわね、と昔寸足らずになった服の山を見ながら母は笑った。

「そういうことではございません。当家はいつから呼んでいないかご存じですか」

「知らん」

「一年です。一年間呼んでいないのでございますよ!」

身悶えしそうなほど切実に訴えてくる。

「お二人とも、またでございますか?」

グレイグがこめかみを押さえていると、呆れたようなドーラの声がした。見れば、笑いを堪えたフィオナもいる。

「おはようございます、グレイグ様」

「おはよう」

抱きしめて口づけたいが、人前は恥ずかしいと言われているので自重する。

フィオナの後ろからドルフが来て、尻尾を振りながらグレイグの前に座った。グレイグの機嫌を窺いに来たのだ。

昨日、庭から居間へと戻ってきたフィオナは、自分の邸に帰ると言い出した。いい雰囲気になったと思っていたグレイグは、大いに慌てた。求婚の返事をもらっていないし、フィオナと離れたくなかったのだ。

引き止めたくても、上手い言葉が見つからなかった。ダメだ、の一点張りではフィオナは納得しない。普段なら思いもしなかっただろうが、ジェイドの口が借りられるものなら、借りたいと切実に思った。

フィオナを引き止めたのはドルフだった。

階段で飛びつかれた後に叱ったからか、ドルフは居間の隅っこで蹲っていた。

フィオナは動物が好きなようだ。クリスにも触れたがったし、白黒ツインズにも興味を示していた。

実は邸の別棟にはもっといるのだが、それを知ったらフィオナはそこから離れようとはしなくなってしまうだろう。グレイグは使用人たちに戒厳令を敷いたのだ。

しょんぼりした様子のドルフが気になってか、フィオナはドルフの隣にしゃがみ込むと、どうしたの？　とドルフの頭を撫で始めた。

つぶらな瞳で、くうんと鳴くドルフにフィオナは参ってしまったようだ。

それはそれでグレイグには腹立たしいのだが、我慢するしかない。優しいフィオナは見捨てられないのだ。

時間が経《た》つのも忘れてドルフの機嫌が直るまで構い続け、デボンが言葉巧みに夕食を勧め、ドーラと二人で会話を繋ぎ、夜も更けたので結局泊まることになった。

残念ながら、デボンとドーラに釘を刺されて、グレイグはフィオナの部屋に二晩続けては入れなかったけれど…。

朝からフィオナの笑顔が見られたし、ベッドの中で見たかったのだが…、飛びついたことは不問に付してやるぞ、ドルフ。功労犬だからな。

グレイグはドルフの頭をごしごしと擦るように撫でてやった。

「よく眠れたか？」

「はい」

グレイグが聞くと、フィオナは頬を染めた。

なぜ頬を染めるのかと聞くほど俺も野暮ではない。セックスしなかったからな、と念も押さないぞ。

なのに、ドーラがそれ以上は聞かないようにという顔をしている。

納得できない。

「何を呼ぶお話をなさっていたのですか？」

「仕立屋でございます、フィオナ様」

グレイグが答える前にデボンが答えてしまう。

「揉めていたようですけど」

「グレイグ様が難色を示されまして」

ドレスの仕立てを却下したと誤解されたくない。

「フィオナのドレスは構わん」

「私の？」

「好きなだけ」

「こうして用意していただきました」

フィオナが嬉しそうにピンクベージュのドレスの裾を摘まむ。

今日のドレスもフィオナの愛らしさを高めているし、気に入っているのならこれでいいのではないか、とグレイグは思うのだ。

仕立屋に怖気づいているのではないぞ。

「既製品はあくまで仮のもの。レディのお召し物ではございません」

デボンの力説に、フィオナは目をぱちくりとしている。

「仕立屋を呼んで、早急にフィオナ様のドレスを仕立てさせます」

「いえ、そのようなことをしていただかなくても…」

フィオナは両手を前に出して後退っているが、デボンとドーラには聞こえていないようだ。

「仕上がりましたらお二人で夜会に出かけられてはいかがでしょう」

「お二人は注目の的でしょうねぇ」

ドーラも同意して勧める。

グレイグは夜会が好きではない。ダンスは心得ているが、あの場所が嫌いなのだ。だが、フィオナは行きたがるだろう。

心の中で溜息をつき、フィオナのために忍耐を養わなければと思う。

「でしたらさっそく――」

使用人に指示を出そうとするデボンをグレイグは止めた。フィオナが表情を曇らせていたからだ。

「行くか?」

問うと、フィオナは頭を振った。

「私は夜会のような場は苦手で…」

一般的に女性は夜会が好きだ。デボンとドーラはそう思っているし、グレイグもだから、フィオナの返事は意外だった。

「まことでございますか？」

「遠慮なさっていらっしゃるのでは？」

フィオナは困ったような顔をグレイグに向ける。助け舟を出してやりたいと思う。だが、こと仕立屋に関しては藪蛇《やぶへび》になるので、力を貸すのに二の足を踏む。こうと決めるとデボンは執拗《しつよう》なのだ。

すまぬ、フィオナ。

話が長くなりそうなので、皆は食堂へと移動することにした。

食堂のテーブルには、焼きたてのパンや湯気を立てるボイルソーセージ、マッシュポテトにボイルドエッグ、新鮮な野菜やフルーツが並ぶ。搾りたてのミルクもある。

グレイグとフィオナがテーブルに着くと、ドーラが茶を煎れ始める。わくわく顔で待つフィオナはかわいい。

「当家出入りの仕立屋の腕はなかなかでございます。フィオナ様にもぜひ、お試しいただきたい。きっと、最先端の流行を取り入れたドレスを仕立てましょう。お似合いになられますぞ」

デボンはなんとしても仕立屋を呼びたいようだ。美しいフィオナのドレス姿はグレイグも見てみたい。

「ありがとう。でも、私はこういうゆったり着られるドレスが好きなのです」

コルセットの必要な華美なドレスは好まないという。

「用意してくださったドレス、とても着心地がいいです。既製品だなんて思えないくらい。ウォード家の侍女はお針が上手ですね。お直ししたなんてわからないくらいきれいな仕上がりです」

袖や胸元をいじって嬉しそうな顔をする。

「そう言ってくださると、侍女たちが喜びます」

ドーラは部下を褒められ、誇らしげにカップを差し出す。

二日間滞在しただけで、使用人たちは皆、フィオナの信奉者になってしまった。驕《おご》ったところがなく、使用人にも素直に感謝を伝えるからだ。声をかけてもらったと侍女たちが嬉しそうに話しているのを聞いて、グレイグは誇らしかった。

そうだろう、そうだろう、フィオナは控えめで優しいのだ。

特に、フィオナの髪を結った侍女は褒められたことがよほど嬉しかったのか、フィオナに心酔している。今朝《けさ》の髪もその侍女が結ったようだ。

「夜会に出席なさったことはございますか？　これまで機会がなかったのでしたら、一度お出になってはいかがでしょうか」

先入観から苦手意識があるのではないかとデボンは推し量ったようだ。

「グレイグ様がエスコートなさいます」

勝手に決めるな、デボン。いや、しかし、フィオナが出たいというのなら…。

グレイグは顔が引きつらないよう、カップの茶をすすって誤魔化した。フィオナに嫌がっていると知られたくなかったのだ。

「夜会に出たことはあります。母はそういう場をとても好む人でしたので、邸でも頻繁に夜会を開いていましたから」

「おお、それは素晴らしい。夜会を開くのは大変ですから、頻繁に催されていたのでしたら、バード男爵夫人は如才ない方だったのでございますね」

「どうでしょう…」

社交界に興味のないグレイグは、バード男爵家がどのような家なのか知らない。頻繁に夜会を開いていたというからには、そこそこ資産家だったのだろう。なにしろ、夜会を開くには金がかかるのだ。

フィオナはちょっとした仕草、立ち居振る舞いが洗練されている。

大切に育てられたのだろうな。幼いころのフィオナも愛らしかったに違いない。

「では、社交界にも慣れていらっしゃるのですね」

「それは…私は邸の夜会しか知らないので、よくわかりません。あのような場は本当に苦手なのです。私は母と好みが合わなかったので…」

会話を聞いていたグレイグは、引っかかりを覚えた。まるで、出たくないのに無理して出ていたように聞こえる。

亡くなった母親と確執があったのか？

「お母様はお亡くなりになったと伺いました。お寂しいことでしょう」

「……はい」

病気や事故、グレイグの実の母のように殺されたにしろ、どんな形でも別れは寂しいものだ。喪失感もあるだろう。

だが、それを乗り越えて生きていけるのは、亡くなった人との思い出が残されているからだ。実の母を失って何年も経ったグレイグでさえ、楽しかった思い出はうっすら残っている。徐々に消えていくかもしれないが、それは、その人との別れが消化できた証なのではないか。

昨日母が亡くなったと聞いた時、フィオナは涙した。母を亡くした娘の涙だと思ったが、フィオナは母に未練がないようにも見える。

「お美しい方だったのではないですか？　フィオナ様はお母様に似ていらっしゃるのでしょう？」

「…いいえ、私は母には似ていなくて。地味なので…」

笑顔で答えている。自虐的だと思った。たとえ自分のことだとしても、好きな女性のことをそんなふうに言ってほしくない。

「デボン、ドーラ、そのくらいにしておけ」

「申し訳ございません」

デボンとドーラは、悲しみが癒えていないフィオナにグレイグが気を遣ったのだと思ったようだ。根掘り葉掘り聞いたことを謝罪する。

バード男爵家も男爵夫人も、グレイグにとってはどうでもいいことだが、気にならないと言えば嘘になる。

フィオナのことはすべて知りたい。彼女はバード家でどんな暮らしをしていたのだろうか。だが、上手く聞く自信がない。フィオナが屈託を抱えていたら、傷つけてしまうのではないかと躊躇うのだ。

今も、沈んでいるフィオナをどう元気づければいいのか悩んでいる。

デボンとドーラは意気消沈した様子でテーブルから離れてしまった。

ここは、俺がなんとかしなければ。

「夜会は嫌いだ」

グレイグは呟いた。自分も同じなのだと言いたかった。カップに視線を落としていたフィオナが顔を上げる。

「グレイグ様も？」

「うむ」

「一緒ですね」

フィオナの笑顔が戻る。

「仕立屋も」

「まぁっ。私は嫌いではないです。そこは違いますね」

「ぐ、うん」

グレイグが目を眇めると、フィオナは口元を手で隠して笑った。少しは元気が出たようだ。

フィオナはバード男爵家が下位貴族であることを気にかけていたが、俺のほうこそフィオナに相応しいだろうか、とグレイグは思う。自分の出自を隠している後ろめたさがあるのだ。

貴族の生まれでもなく、この国の人間でもない。貴族の養子になり、現在は立派な肩書がついても、事実を知れば顔を背ける者は大勢いるだろう。

フィオナは違うと信じている。だが、いつ打ち明けようかと考えてしまうのは、フィオナを信じ切れていないからなのか……。

「そんなに仕立屋がお嫌なのですか？」

眉間に皺が寄っていたようだ。人差し指の関節で眉間をぐいぐい押す。

「まぁ、グレイグ様ったら……、ふふふ……」

俺を見て笑ってくれるなら、明日から道化になっても構わん。

誰もが知られたくないことのひとつやふたつはある。フィオナの笑顔が消えてしまうのなら、過去を暴くような真似はしたくない。

出会った時から、二人の歴史が始まるのだ。それで十分だと思う。

フィオナの好意は感じている。求婚の色よい返事が欲しいのは、身体を繋いでも明確な証がないと不安になるからだ。

待つのは辛いな。

好機を待って、敵地に何日も潜んでいたことがあったが、その時はたいして苦にならなかった。逸る部下たちを抑え、のんびり構えていたものだ。だが、今は落ち着かなくてどうしようもない。

ジェイド曰《いわ》く、恋は人を臆病にするらしい。確かに、敵陣に切り込む方がよっぽど楽かもしれないとグレイグは思った。


ベッドから下りてカーテンを開けると、眼下には、朝日に照らされた美しい庭が広がっていた。キラキラ輝いているのは、朝露に濡《ぬ》れているからだ。

庭師が仕事に精を出しているのが見える。そろそろ次の季節の花の植え替えなのか、花の時期が過ぎた株を掘り起こし、瑞々《みずみず》しい若苗を植えつけている。

ウォード邸に滞在して五日目になる。

ベッドを右側から下りるのに違和感がなくなった。ふかふかの室内履きに足を通すのも、髪を結って身支度を手伝ってもらうのにも慣れた。

馬車を出してもらわなければ帰れないから、というのは、ずるずる泊まり続ける自分への言い訳だ。

「きちんとお願いすれば、グレイグ様は馬車を出してくださるもの」

本音は帰りたくないのだ。

庭を見下ろしていたフィオナはため息をついた。自分の心に正直にならなければいけないと思う。

フィオナの視線に気づいたのか、庭師がこちらに向かってぺこりと頭を下げる。フィオナは窓を開け、おはよう、と庭師に声をかけた。

お母様が見たら、みっともないことはやめなさい、と言うでしょうね。

母のことを思い出すと、心がどんよりとして憂鬱になったものだが、ウォード家に滞在してからは、せいぜい、指にできたささくれが服に引っかかった程度のことに変わった。

これまで母に怒られたことをしても、グレイグは優しい眼差しで見ているだけで咎《とが》めるようなことは言わないし、デボンとドーラも、眉を顰めるどころか逆に喜んでくれるのだ。

「フィオナ様、お目覚めですか？」

「ええ、起きています」

おはようございます、とドーラと侍女が入ってくる。

「おはよう」

「お目覚めはいかがですか？　乗馬をなさいましたから、お疲れが取れているとよろしいのですが……」

昨日はグレイグの愛馬に乗せてもらった。

大きな黒馬は、不慣れなフィオナがひとりで乗っても振り落とすことはなかった。グレイグが手綱を握っていたのもあるが、とても利口なのだ。ドルフが足元を走りまわってもまったく動じることなく、悠然と立っていた。

孤高の騎士を彷彿《ほうふつ》とさせる、神々しい姿だったわ。

グレイグの思ったとおりに動くという黒馬とグレイグは、心が通じ合っているのだ。フィオナはちょっぴり羨ましかった。

立派な黒馬ですね、とフィオナが黒馬に見とれていると、グレイグは思わぬ行動に出た。もう見るな、とグレイグはフィオナの目を手で覆ってしまった。

愛馬に嫉妬したのだ。

戦場でグレイグの命を預かる黒馬とグレイグの寵愛《ちょうあい》を争う気はないけれど、フィオナは嬉しかった。

「お召し替えなさいますか？　もう少しお休みになられますか？」

朝露が光っている時間帯に起き出す貴族は少ない。フィオナのような令嬢は珍しいのだ。

「ぐっすり眠れたわ。ベッドに入った後の記憶がないの。それに、昨日はお昼寝までしたんですもの。もう起きなきゃ」

乗馬の後は欅の下のベンチに座って黒馬の話を聞いた。饒舌ではないグレイグのぽつりぽつりとした話し方でも、彼が黒馬に全幅の信頼を置いているとわかった。

そんな相手がいるって素晴らしいとフィオナは羨んだ。

あの時私はどんな顔をしていたのかしら。

愛しているのはフィオナだけだ。

グレイグは言った。

両手でフィオナの顔を包んだグレイグは、恭しく口づけてくれたのだ。まるで、婚姻の契《ちぎ》りの場のように。

ドーラが菓子を運んできて、お邪魔でしょうから、とそそくさと去っていった。足元にドルフが伏せ、クリスも姿を現してくれた。フィオナがドルフやクリスを構っていると、最初のうちは微笑ましそうに見ていたのに、グレイグの表情が徐々につまらなさそうになった。

グレイグの心を試したわけではないけれど…。

愛されている。

しぐさや表情から深い愛を感じる。自分を取り巻く世界が光り輝き始め、新しい扉が開かれるのではないかと胸躍る。

フィオナはドルフとクリスから離れ、グレイグに寄り添うように座った。グレイグのように真っ直ぐな言葉は恥ずかしくて口にできないけれど、自分の思いは伝わると思った。はたして…。

グレイグはフィオナを膝の上に乗せると、とろけるような口づけをくれた。

幾度も、幾度も。

そのうちフィオナはグレイグに寄りかかって眠ってしまった。グレイグはフィオナが目覚めるまで石像のように動かずにいてくれたようで、身体が辛かったのではないかと思う。

「グレイグ様の方がお疲れだったはず」

「大丈夫でございますよ。すでにひと汗かかれて水浴びなさった後でございます」

剣の自主稽古が終わったのだ。

「じゃあ、早く用意しないと。髪はなんとなくいい感じに手早くできるかしら。簡単でいいの。髪飾りもいらないわ」

フィオナの願いに、お任せください、と侍女は胸を叩いた。

「そんなにお急ぎにならなくても、グレイグ様は居間でくつろいでいらっしゃいますから」

せかせか動き出したフィオナにドーラは微笑んだ。

「お菓子を召し上がっていらっしゃる？」

「いいえ、朝食前ですので、お茶を」

「だったらなおさら早くしなきゃ。きっとお腹が空いていらっしゃるわ」

「グレイグ様は、フィオナ様の装いを毎日楽しみにしていらっしゃるようですよ」

そう言われると、簡単な髪型でいいのか悩んでしまう。

「先に朝食を召し上がっていただいていいんだけど…」

グレイグの寂しげな顔が浮かぶ。ドーラも同じだったようだ。

「それはおっしゃらない方がよろしいかと」

「ええ。お待たせしないようにできるだけ早くお願い」

「フィオナ様のお言葉をグレイグ様がお聞きになったら、喜ばれますよ」

「絶対に言わないで。約束よ」

「はい」

こんなふうに使用人と会話するのは楽しい。貴族の邸では使用人から話しかけることは厳禁だが、ウォード邸では許されている。これはグレイグの鷹揚な人柄ゆえだ。

バード家の夜会である貴公子の誘いを断った時、お前のためにしてやったのに、お前のために考えてやったんだぞ、と言われ、フィオナは閉口したものだが、グレイグはあの貴公子とは違って押しつけがましいところがない。

包み込むような愛情をたくさんくれる。フィオナのために自分ができることはないか、何がいいか、と常に考えているようだ。

気を張り詰めていたバード家と違い、穏やかで暖かな人々が住まうウォード家はとても心地いい邸だ。偽ることなく本来の自分でいられるのは、こんなにも幸せなのだ。

本来の私って……。

ふと、頭の中をよぎった。

ここでの暮らしは自分に合っている気がするし、呼吸もしやすい。だが、無理のない程度に合わせているのではないか。バード家から逃れたいために、この場にしがみつこうとしているのではないか。

「フィオナ様、お召し物はこちらでよろしいですか？」

空色と淡い緑が混ざったような色だ。腰回りのゆとりを詰めるように細かなピンタックが取られ、胸元や袖口、裾に白いレース飾りがついていて、涼やかな雰囲気を醸し出している。

「このレース飾り、わざわざつけてくれたのね。ありがとう」

「お気に召していただけて嬉しゅうございます。さあ、こちらへどうぞ」

フィオナは寝巻きを脱ぎながら考える。本当の自分とはどんなのか、と。答えは導き出せないけれど、たったひとつだけはっきりしていることがある。

グレイグ様を愛している。

グレイグは求婚の返事を待っている。白鷺将軍の妻になる自信はないし、借金のこともあるが、グレイグは言ったのだ。

何も心配することはない。すべて任せておけ、と。

グレイグの妻になりたいと心から思う。きっと、互いを愛しみ、幸せになれる。

フィオナは心を決めた。


グレイグはよほど空腹だったとみえ、びっくりするくらい朝食を食べた。

「お腹を壊しませんか?」

問うとグレイグは不思議そうな顔をする。まだ余裕があるのだ。

「菓子ならまだ」

別腹らしい。

「私はとても食べられそうにありません」

「腹ごなし」

「じゃあ、お散歩にご一緒してくださいますか? お話ししたいこともあって…」

黒曜石の瞳は大賛成と言っている。

よかった。お散歩に行って二人きりになったら伝えるのよ。

意気込んでみたものの、どう切り出せばいいのか悩んでしまう。

結婚してください、は申し込んでいるみたいだし、いきなり結婚しますも唐突すぎるし、話のきっかけをどう作ればいいのかしら。うー、グレイグ様から、求婚の返事が欲しいって言ってくれないかしら。そうしたら頷けるのに。

そんなふうに考えてはっとする。

私の心が決まるまで待ってくれているのに…。

返事をせっつかれないと安堵し、今度はのんびりしていると不満に思う。それは、都合が悪くなると掌を返して悪態をついた母と同じではないか。

身勝手な自分が嫌になる。唇を噛みしめるとグレイグの指先が触れた。

「どうした」

心配げな顔に、なんでもないのだと頭を振る。

食堂を出て、テラスから外に出ようと話し、グレイグが手を引いて先を行くのについていく。そこへ、デボンが慌ただしくやってきた。

「お待ちください。ジェイド様がお出でになられました」

またか、とグレイグは顔を顰《しか》める。

ジェイド様って赤狼将軍？

「どちらかのご令嬢を伴っていらっしゃいまして…」

グレイグは険しい顔になり、追い返せ、と言った。

「それが…、申し訳ございません」

デボンは強引に押し切られてしまったようだ。

グレイグが苛立たしげに舌打ちした。

こんなグレイグ様、初めて。仲が悪いのかしら。

「おーい、グレイグ、いるんだろう？」

陽気な声が響いてきた。

「隠れてるのかぁ？　出てこいよ。暇だろ？　することないだろ？」

方々に呼びかけながらやってくるのは…。

あの方が赤狼将軍？

華やかな貴公子だ。蜂蜜のような金色の髪が小窓から差し込む光を跳ね返して、まるで王冠をかぶっているように見える。明るい緑色の上着は瞳の色と揃えているのか、白いズボンと合わせてくるところといい、洒落者《しゃれもの》なのだろう。

だが、上位と下位の違いはあるけれど、バード家の夜会に来ていた貴公子たちに雰囲気が似ている。

ナルシストなのかな。

グレイグが静なら、ジェイドは動だ。ステップでも踏むような足取りで歩いてくる。グレイグよりも少し年上のようだが…。

なんだか落ち着きのない方みたい。

その後ろから、ジェイドの陰になって顔は見えないが、深紅のドレスを着た令嬢がついてくる。

すごい、なんて豪華なドレス。お母様が好きそう…。

深紅なのに所々金色に光っているのは、金糸の刺繍が施してあるのだろう。これほど派手なドレスを着るには、勇気がいる。ドレスの印象が強すぎるからだ。

私にはとても無理。着ているのはどんな方なのかしら。

「おっ、いたいた。素直に出てきたか。よしよーし」

ジェイドはグレイグを見つけて満面の笑顔になったが、フィオナに気づくと目を見張って足を止めた。誰だ、と思っているようだ。後からついてきた令嬢も歩みを止め、ジェイドの横に並び立つ。

「アンナ様」

フィオナが名を呼ぶと、アンナ・レブンは驚いた顔になった。フィオナがいると思わなかったのだろう。

知人か？　とグレイグが聞く。

「いえ、ハニーガーデンで一度お目にかかっただけで…」

一筋の乱れもなく頭の形にぴったりと結った髪型は小顔を強調し、後頭部で丸いお団子が乗っているようにまとめられている。お団子を乗せる台座のように嵌《は》められている髪飾りには、ジェイドの瞳のような大粒のエメラルドが並んで金髪を引き立てていた。深紅のドレスは腰を絞って左右に裾が大きく広がり、胸の膨らみと細い腰を際立出せ、ふんわりした袖は、そこから伸びる腕を細く見せ、アンナが美しく見えるよう考え抜かれた意匠だ。

ジェイドとアンナが並んで立つと、目に眩しい陽の空気が二人を取り巻いているようだ。

アンナ様のお見合い相手って、赤狼将軍だったんだ。

似合いの家柄だ。アンナが自慢するだけのことはある。確かに、二人には薔薇の庭が似合う。

でも、グレイグ様だって立派な方なんだから！　かっこいいし、優しいいし。

黒と見まごう濃色のシャツに黒いズボンの装いは、凛々しいグレイグをさらに立派に見せている。

「フィオナ、部屋で待っていてくれ」

「…はい」

同席させるつもりはないようだ。

アンナがフィオナを見て、俯きがちに笑みを浮かべた。ハニーガーデンで見せた嘲りの笑いだ。あなたはお呼びではないのよ、と言われた気がした。

僻《ひが》んじゃダメ。アンナ様は苦手だし、私はいない方がいいわ。

部屋に向かおうとすると、待ちなよ、とジェイドが引き止める。

「グレイグ、彼女を隠すことはないだろうに。かわいそうじゃないか」

隠す？　私を？

グレイグを振り返ると、眉間に皺が浮いている。

私を人前に出したくないということなの？

「仲間はずれにするなんてね」

「あ、いえ、私は…」

部屋へ行くべきなのか、留《とど》まるべきなのか悩む。

「さあ、君も一緒にお茶しよう。ドーラ、いないのかい。お茶を煎れておくれ」

「あの…」

どうすればいいのか戸惑っていると、いてもいいというようにグレイグが頷いた。だが、
本当は嫌だと思っているのが表情から丸わかりで、フィオナは悲しくなる。

私のことを知られたくないみたい。下位貴族の娘だから、紹介するのが恥ずかしいのかな。

ドーラがお茶を運んできたのをきっかけに、四人は居間に腰を落ち着けた。

「ドーラ、悪いね、人払いを頼むよ。大事な話があるんだ」

グレイグがむっつりと押し黙っているので、何かありましたらお呼びください、とドーラは下がっていった。

「何しに来た」

グレイグが腕を組んで聞いた。

「開口一番それか…。おいおい、まずはこちらのお嬢さんを紹介してくれ」

「……バード男爵家のフィオナ嬢だ」

グレイグは渋々という感じで紹介する。フィオナは落ち込まないよう己を鼓舞し、笑顔を浮かべた。

「初めまして。フィオナ・バードです」

「俺は赤狼将軍ジェイド・ガーション伯爵だ。バード男爵の名は聞いたことがないんだが、王宮の夜会に来たことがある？」

「私は下位貴族なので…」

「なるほど。どうりで顔を見た記憶がないわけだ。下位貴族は誰かの紹介がないと会場に入ることもできないからね」

下位貴族の君はお呼びではないんだよ、と言われたようで気まずかった。

ジェイドに悪気はないのはわかる。上位貴族と下位貴族は大きな隔たりがあって、理解し合うのは難しい。グレイグが特異なのだ。

「グレイグ、紹介しよう。彼女はレブン伯爵家のご令嬢だ。レブン家の名はお前も知っているだろう？」

「アンナと申します」

美しい笑みを浮かべてアンナが挨拶すると、グレイグは感情が抜け落ちた顔で、微かに顎を引いた。

「おいおい、それで挨拶したつもりか？　ちょっとは愛想よくしろよ」

文句を言われても、グレイグは我関せずの体で茶を啜っている。アンナのような女性の方が白鷺将軍の妻に相応しいのではと思ったこともあったから、グレイグが美しいアンナに興味を示さないことにフィオナは胸を撫で下ろす。

ジェイドはやれやれといったふうに肩を竦めるだけで済ませたが、アンナは無視されたことが嬉しくないのだろう、なぜかフィオナを睨んできた。グレイグを睨んでも沼に杭だからだ。だが、フィオナにしたら、隣に座っているというだけでとんだとばっちりだった。

同席しなければよかった。私の居心地が悪くなることを、グレイグ様はわかっていらして部屋に行くよう言ったのかしら。

グレイグが会話の主導権を握ることはないから、主役は必然的にジェイドになる。

「悪いね、アンナ嬢。口が重いヤツなんだ」

ジェイドが肩を竦めてアンナに謝っている。

「お噂はかねがね伺っておりますから」

アンナは微笑みを湛《たた》えて頷く。

「そう言ってくれると救われる。悪いヤツじゃないんだ。俺からするとまじめすぎるきらいがあるけれど」

「まぁ、おほほほほ…」

これみよがしの笑い声が居間に響く。

フィオナはこの場から離れたかった。こういう会話が苦手なのだ。

ドーラかデボンがいてくれたらよかったんだけど、どうすれば席をはずせるかしら。

ジェイドが人払いしてしまったので、居間には四人だけだ。もちろん、声を上げて呼べばすぐに飛んでこられるよう、壁の向こうに控えてはいるのだろうけれど、呼ぶ理由もない。

ちらりと隣のグレイグを見ると、何かを考えているようだ。

「ところで、君はここに滞在しているのか？」

「は、はい」

「グレイグの邸に女性がいるとは思わなかったよ。いつからいるの」

「五日前ですが」

「へえ、五日前か」

ジェイドは意味深な視線をグレイグに向ける。

滞在していると言わない方がよかったのかしら。

「あの、何か…」

「いや。その髪型、すごく斬新だ」

「ありがとうございます」

侍女が結ってくれた髪型を褒められたと思ったフィオナは、はにかんで礼を言ったが、ジェイドの次の言葉で違うとわかった。

「髪飾りのない女性を見たことがないから、ちょっと驚いたよ。人前に出るのなら、ひとつくらい着けたほうがいいんじゃないかな」

「あ…」

蔑まれているのだとわかり、フィオナは赤面した。

こういう会話の駆け引きは、バード家の夜会で嫌というほど耳にしてきたのに、舞い上がっていて気づけなかったのだ。

グレイグ様に恥をかかせてしまった。

母がいた頃は、貴族はこうあるべき、という自尊心の高い母の気に入る身だしなみを心がけていた。意に沿わないと叱られるので、神経を尖らせていたのに、ジェイドの言葉を素直に喜んでしまったのは、ウォード家に来て気を張ることがなかったからだ。

だが、ウォード家は上位貴族だ。

私は甘えていたんだわ。急いでいたけど、髪をきちんと結って飾りを着けてもらえばよかった。

「すみません。気をつけます」

フィオナが小さくなって俯くと、ガン！　と大きな音がした。グレイグがテーブルにカップを置いたのだ。割れなかったのが不思議なくらいだ。

「帰れ！」

グレイグが怒鳴るように言った。

「おい、野蛮なことをするな。フィオナ嬢が驚いているじゃないか」

ジェイドが心配するような顔をフィオナに向けると、グレイグは何か言おうとしてぐっと詰まっている。

「気を悪くしないでおくれ」

自分の言ったことに対してなのか、グレイグの態度に対してなのか測りかねる言い方だ。

「いえ、私は別に……」

「よかった。嫌われてしまったらどうしようかと思ったよ」

ジェイドに笑みを向けられたフィオナは、思わず視線をはずして俯いた。

「そんなに恥ずかしがらなくても……」

恥ずかしいのではない。ジェイドが恐ろしかったのだ。

「用があるなら早く言え」

ジェイドの言葉にかぶせるように、グレイグがぶっきらぼうに言う。

「何を怒っているんだよ。実はだな、国境情勢を纏めた資料を失《な》くしてしまったのでね。貸してほしくて来たんだ。それを受け取ったら帰るよ」

グレイグは渋い顔で腰を上げ、フィオナを見下ろす。ここにひとりで残るかと問うているのだ。

席を立ちたかった。ジェイドとの会話は危険だと頭の中で警鐘が鳴っている。だが、ウォード家の人間ではないにしろ、客をほったらかしにして出ていくのは失礼だ。ドーラかデボンに頼めばいいけれど、グレイグに恥をかかせてしまったから、少しは挽回したかった。

グレイグ様の妻になるって決めたんだもの。頑張らなきゃ。

フィオナはグレイグにわかるよう、小さく微笑んだ。

「悪いねぇ、グレイグ。頼むよ」

居間を出ていくグレイグに向かってジェイドが軽い調子で声をかけていたが、姿が見えなくなり、グレイグの足音が遠ざかった途端、にこやかな顔が敵を威圧するような表情に一変した。

フィオナは背筋が寒くなった。

「きみ、アンナ嬢に自分がビオラの庭だと嘘をついただろう」

「それはどういう…」

「アンナ嬢を騙して薔薇の庭に行かせて、その隙にグレイグに近づいただろう」

「そんなこと、していません。私が薔薇の庭へ行こうとしたら、アンナ様が、ご自分が薔薇の庭だとおっしゃって先に…」

「嘘よ！　ジェイド様、この方、嘘をついています。強引に私を押し退《の》けて行ってしまったくせに」

アンナは目を吊《つ》り上げた。

「そんな…」

私が薔薇の庭でよかったんじゃない。

聞き間違いじゃなかったんだわ。

自分こそ薔薇の庭に相応しいと言い張ったあれはなんだったのか。

「ウォード子爵の見合い相手は私なのよ」

「えっ？」

グレイグはアンナの名を聞いても驚かなかった。

グレイグ様も見合い相手を知らなかったんじゃないかしら。だから、ビオラに行くっていう私を見合い相手と勘違いして…。

「それなのに、変な男に会う羽目になって、ああ、気持ち悪い」

「変な男？」

「考えてもごらんなさい。下位貴族のあなたと白鷺将軍がお見合いだなんて、誰が聞いてもおかしいって思うわ。すぐにわかる嘘つくなんて浅はかね」

私の相手がグレイグ様じゃないのはわかったけど、どうしてジェイド様とアンナ様がここに二人でやってきたのかしら。ジェイド様は資料を借りに来たとおっしゃったけど……。

……あっ、もしかして！

「アンナ様の新しいお見合い相手は、ガーション伯爵様なのですね」

「なっ、なんですって！」

アンナがわなわな震えたが、怒りからではないようだ。

「お二人が並ぶととてもお似合いなので、てっきりそうなのかと…」

「お似合い？」

「はい」

「私とジェイド様が？」

アンナは頬を染め、何を言い出すよ、と視線を彷徨わせる。

「違うのですか？」

「ちっ、違うわ！」

「いいかげんにしろ！　見合いの話はどうでもいい」

ジェイドが苛立たしげに割って入り、フィオナとアンナは口を噤《つぐ》んだ。

「バード男爵家の娘だと言ったが、それは間違いないな」

改めて確認するジェイドに、フィオナは頷いた。

「夜会を開いているバード男爵家。借金まみれのバード男爵家。そこの令嬢は派手で男を手玉に取ると有名だが、お前のことだろう」

「手玉に取るだなんて、そんなこと…」

酷い言われようだ。

夜会では母に言われるまま行動していたが、騙すようなことはしていない。

「バード男爵家の夜会で、令嬢が紹介してくれた者に騙されたと、詐欺に遭ったと訴えている者が複数いるのだ」

フィオナは絶句した。

確かに、母に言われて客同士を引き合わせたことは幾度もあった。

あれが、そうだったというの？

「その顔は身に覚えがあるようだな」

お母様は詐欺を働いていたの？

「調べればすぐにわかることだ。夜会を開いていたのはバード男爵夫人だが、きみも片棒を担いでいたのだろう」

心臓が痛いくらいに鳴っている。血の気が引いて、気を失いそうだ。

「グレイグは騙せても、俺は引っかからないぞ」

凍りついてしまったフィオナの目の前に、ジェイドは上体を倒して怖い顔を近づけてくる。

「きみはグレイグに相応しくない」

「ジェイド様、そんなに脅したら、かわいそうですわ」

アンナがくすっと笑ったが、フィオナの耳には入っていなかった。見開いた目に映っていたのは、ジェイドの鋭いエメラルドの目だけ。

「早々にグレイグの前から消えろ！」

上体を起こしてフィオナから離れたジェイドの顔が、人好きのする笑顔に変わると、大股で歩くグレイグの足音が響いてきた。

グレイグ様が戻ってくる。

ついさっきまでは、求婚の返事をするつもりだった。グレイグの妻になることを夢見ていて、幸せになれると思っていた。けれど…。

ジェイドとアンナが立ち上がる。フィオナものろのろと腰を上げた。

グレイグが資料を持って居間に入ってくる。にこにこ笑うジェイドに対して、苦虫を噛みつぶしたような顔だ。

「悪いなぁ」

グレイグは資料をジェイドの胸に押しつける。

「助かるよ」

ジェイドとアンナは用が済んだとばかりに帰っていく。ちらりと振り返ったジェイドの瞳が怪しく光った。

私は、どうすればいいの…。

フィオナが立ちつくしたまま、ジェイドたちの後ろ姿を見送っていると、グレイグの指が頰に触れる。

「グレイグ様」

ジェイドたちに気を取られていて、グレイグが近づいてきたことにも気づかなかった。

「ジェイドか」

何か言われたのかと問うている。顔色が悪いのかもしれない。

「いいえ」

グレイグが見つめ続けているから、動揺を押し隠して微笑んでみせたが、上手く笑えているだろうか。

「フィオナ」

笑みは固かったようだ。

「緊張してしまったみたいです。赤狼将軍とお話しできるなんて思わなかったので」

「そうか」

「はい。華やかな方ですね」

グレイグが探るように目を細める。フィオナは瞬きした。グレイグは口ではなく視線で問い詰めるから。

「お茶を煎れなおしました。菓子も焼けましたよ」

ドーラがワゴンを運んできたのをきっかけにしてフィオナは視線をはずした。黒曜石から逃れて息をつく。

「ありがとう、ドーラ」

「フィオナ様、華やかな方というのは、ジェイド様のことですか？」

「ええ」

「あの方が来られると、侍女たちが浮足立ってしまって」

ドーラは苦笑いした。

「そうでしょうね。とても素敵な方ですもの」

ジェイドがグレイグに何も話さず帰ったのは、グレイグが傷つくと考えたからだろう。だが、いずれすべてを明らかにするはずだ。

「先ほどのご令嬢は、ジェイド様のお相手でしょうか」

「お話を伺うに、違うようです」

「とうとう身を固められるのかと思いました」

事実をグレイグ様が知ったら…。

ちらりとグレイグを見ると、菓子に目もくれずこちらを見つめている。

「まぁ、おいしそう」

フィオナは気づかないふりで焼き菓子を覗き込んだ。

豊かな茶の香りや菓子のおいしそうな匂いが鼻腔《びくう》を通り抜けても、フィオナにはなんの感慨も湧かない。

グレイグ様に知られたくない。

「グレイグ様のほうが先に身を固められそうですね。コンラッド様もお喜びになられるでしょう」

ジェイドたちが来る前だったら、どんなに嬉しかっただろう。だが、今はドーラの言葉が胸に刺さる。

ジェイドが話さなくても、いずれデボンがバード家を調べるはずだ。もしかしたらもう調べ始めているかもしれない。

そのデボンが、手紙をトレイに乗せて運んできた。

「フィオナ様、お邸からお手紙が届けられました」

何かあったのかしら。

嫌な予感がする。

「グレイグ様、失礼します」

フィオナは手紙を受け取って席をはずすと、窓辺に向かいながら手紙の封を切る。乱れた文字に目を走らせ、よろめきそうになったフィオナは、グレイグに隠れるようにして窓枠に摑まった。

手紙はバード家の執事ジョンからだった。

ウォード家から滞在するとの連絡を受け取ったが、帰ってこないので無事なのかという心配から始まり、バード家に仲介人から違約金を払えとの苦情や、借金の督促が来ていることが書かれていた。

違約金を払えということは、見合いがなされていないことを示している。

ジェイド様がおっしゃったことは本当だったんだわ。私の見合い相手はグレイグ様ではなかった。

ジョンはフィオナの居所をひた隠しにしているようだが、追及が厳しくなればウォード家にいると話してしまうかもしれない。もしも、仲介人や借金取りがここまで来たら、グレイグに迷惑がかかる。それ以上に、詐欺を働いていた家の娘と親しくしていたと公になったら、グレイグの名に傷がつく。

ここにいてはいけない。だが、邸に帰ると言って許してくれるだろうか。

グレイグは普段、物静かで思慮深い。だが、本当は激しい感情を内に秘めているとフィオナは知っている。

あの夜のグレイグ様がそうだった。

本能を剝《む》き出しにしてフィオナを抱いた。きっと、あの獣のようなグレイグが彼の本質なのだろう。それを、理性で包み込んでいるのだ。

鋭く問い詰められたら、自分はきっとすべてを打ち明けて、グレイグに縋《すが》りついてしまうだろう。そうなる前に、グレイグの手を振りほどかなければならない。なんとしてでも、この邸から出なければならない。

どうすればいいの。

「フィオナ」

食い入るように手紙を見ていたからだろう、グレイグがゆっくりと近づいてくる。心配している気配を背中いっぱいに感じる。

帰るために思いついたのはとても残酷な方法だった。グレイグを傷つけたくないのに、他の手立てが浮かばない。

ああ、もう時間がないわ。さあ、舞台に立つのよ。

目を閉じて己を鼓舞し、大きく息を吸って吐く。

グレイグ様。愛しています。許して…。

フィオナは振り返り、グレイグに微笑みかけた。

窓辺で手紙を読むフィオナの背中が、微かに震えたようだった。

バード家からの手紙には何が書かれているのか。フィオナは手紙を手に窓辺に佇《たたず》んでいる。

何かあったのか。

資料を手に居間に戻ってきた時、フィオナが心ここにあらずの様子だったのも引っかかっている。

ジェイドは素晴らしい武人だ。人のいい陽気な男だが、骨の髄まで上位貴族で、それを誇りに思っている。透けて見える者は多いが、ジェイドは隠しもしない。

俺の出自を知ったら、あの男はどんな顔をするだろうか、と試してみたくなる時が間々ある。

自分はどのような態度を取られても構わない。絶交だと、二度と口を利かなくなっても受け入れられる。だが、愛する人に対しては別だ。

ジェイドはフィオナに妙に突っかかっていた。まるでいたぶっているかのような物言いだった。自分の用意した見合い相手ではなかったからだろうか、それにしても、聞いていて腸《はらわた》が煮えくり返った。

口を挟まなかったのは、ジェイドに口では勝てないからだ。挟んだことでフィオナが傷つくこと、それと、ジェイドがよりフィオナに興味を持つことを恐れたのだ。

だから会わせたくなかったのだ。

ジェイドの周りにはあの……名前も覚えていない赤い令嬢のような派手な女性しかいないが、たまに、下町のごった煮が食べたくなったと言っては、市井《しせい》の純真な女性を口説きに行く悪癖がある。

フィオナにちょっかいを出すのは、裏を返せばフィオナに興味を持ったともいえるのだ。

自分が席をはずしていた間、どんな会話が交わされていたのか。ジェイドが人払いしてしまったので、デボンもドーラも聞いていない。女性を同伴していても、別な女性を平気で口説く男だ。

無理にでも部屋に行かせればよかった。

「フィオナ」

声をかけると、フィオナは大きな息をついた。まるで、何かを決意したように。

振り返ったフィオナは微笑んでいた。真っ直ぐに見つめてくるフィオナの瞳には強い光があった。

「グレイグ様、お話があります。二人だけで」

求婚の返事をくれるのか？

心が湧き立った。全身の血が勢いよく流れ出したような、高揚感に包まれる。

いつまでも返事を待つつもりでいるが、庭で押し倒してしまうかも、と危機感を持つほど我慢の限界は近い。

求婚を断られるのを想像してひとり落ち込みもした。そうなったら部屋に閉じ込めて、是と言わせるまで抱く、とまで思い詰めていた。

デボンとドーラを遠ざけたグレイグはフィオナと向かい合った。華奢な身体を抱きしめたくて、ありったけの自制心を総動員する。

待つのだ。フィオナが求婚を受けると言ってくれるのを。

フィオナは長い睫毛を伏せていたが、とうとう口を開いた。

「邸に帰ります」

拍子抜けした。がっかりしたとも言う。

バード家から来た手紙が原因か。

「何かあったのか？」

「いいえ、手紙はたいした内容ではありません。こちらに滞在していることは知っていますから」

ではなぜなのか。

「あなたとは、結婚しないから」

グレイグは息を呑んだ。青天の霹靂《へきれき》だ。まさか、求婚を断られるとは思わなかったのだ。拉致《らち》するように連れてきた。半ば強引に初めてを奪った。だが、彼女は自分を受け入れてくれたはずだ。同じ時を過ごし、確かに心が通じ合った。

好きだと言ってくれた。愛してくれている。

それは勘違いでも、独りよがりでもない自信があった。

「結婚しないのに、ここに滞在している意味がありません」

愛してくれていたはずだ。

「…なぜ、だ」

驚いているグレイグを、フィオナは小馬鹿にしたように笑った。

「つまらないからよ」

不貞腐れた顔で居丈高に言う。まるで人が変わったようだった。

誰だ、これは。

顔はフィオナなのに、グレイグの知らないフィオナだった。

「一緒にいてもちっとも楽しくないんですもの」

「本心か？」

信じられない。少しは好いていてくれると思っていた。

「ええ。おとなしいふりするのにも飽きちゃった」

演じていたというのか？

「今日まで我慢していたけどもう限界」

「…嘘だ」

肩を摑むとフィオナは顔を顰め、痛い！　と身体を捩った。

「乱暴はやめて！」

「すまない」

慌てて手を放すと、フィオナは己の身体を抱きしめるようにして距離を取る。拒否の態度にグレイグは呆然とした。

「我慢していたのは嘘じゃないわ。力ずくでいきなり連れてこられて帰れなかったからよ。無理やり身体を奪われたし、今だって乱暴したじゃない。嫌いよ」

「……」

嫌い、という言葉は、酷くグレイグを傷つける。

強引に身体を奪ったことは間違いない。愛らしいフィオナをどうしても欲しかったからだ。

俺は傲慢《ごうまん》だったのか…。

だが、受け入れてくれたのだと思っていた。だから、妻になってくれるものと思っていた。

「でも、素敵な人と出会えたから忘れるわ」

まるで、ジェイドが連れてきた鼻持ちならない伯爵令嬢が乗り移ったようだった。グレイグが愛を告げるたび、頬を染めていたフィオナではなかった。

「ああ、ジェイド様」

うっとりと、ため息のようにジェイドの名を呟く。

こんなフィオナは知らない。

「あんなに素敵な方に、初めて会ったわ。明るくて華やかで、おしゃべりしていて楽しいし」

フィオナは最初から俺のことなど眼中になかったのか。

「結婚するなら、ジェイド様のような方がいいの。だから…」

フィオナは嫣然《えんぜん》とした笑みを浮かべる。

そうだったのか…。

「帰ります。さよなら」


グレイグがじっと見下ろしていた。

どうしてそんな顔するの？

問うと、ふいっと顔を背ける。

グレイグ様？

手を伸ばすと、グレイグは背を向けて遠ざかっていく。

待ってください。

追いかけてもグレイグの背中は小さくなるばかり。

行かないで。待って！

「グレイグ様！」

フィオナは自分の声で目が覚めた。

「……ゆ…め？」

辺りは薄暗い。頭上に白いものがぼんやり浮かんでいるのは、何かを捕まえようと天井に向けて伸ばした自分の右手だ。グレイグが口づけてくれた指先を握り込むと、拳はゆらゆら揺れて見える。目を閉じると眦から涙が零れた。眠りながら泣いていたようだ。フィオナは寝巻きの袖で目元を擦った。


わかった。

たった一言だった。

さよなら、とフィオナが別れを告げると、グレイグはそれだけ言って背を向けた。居間の外に控えているデボンに馬車の用意をするように指示し、フィオナを振り返ることなく去ったのだ。

床を打つグレイグの足音が遠ざかっていくのを聞きながら、グレイグに正直に話してしまおうか、今ならまだ、広い背中に縋りついて許しを請えば、と甘えが顔を覗かせる。

フィオナは固く拳を握り、揺らぐ気持ちを必死に抑え込んだ。

グレイグ様を巻き込んで彼の名誉に傷をつけたくない。グレイグ様は優しい。きっと助けようとするから。そんな優しいグレイグ様を…、私は傷つけた。

拭った目に涙が滲む。

「わかっていてやったことじゃないの」

女々しい自分に言い聞かせる。そうなるよう、あえて演じたのだ。自分からは離れられない。だから、グレイグから去ってもらわなければならなかったのだ。

「なんて自分勝手な…」

最後に見たグレイグの顔が忘れられない。

「嫌われちゃったんだ」

自分が言ったのだ。嫌い、と。

グレイグの瞳に怒りはなかった。ただ、悲しみだけを湛えていた。

「忘れなきゃ」

呟いて、無理だと思った。

できるわけない。初めて好きになった人なのだ。

黒曜石の瞳も雄弁な凛々しい眉も、うっすら笑みを浮かべる口も、大きな掌も力強い腕も、広い胸も、甘い菓子が好きで、優しくて、不器用で…、何もかもすべてが好きなのだ。

「……うっ……く…っ」

自分に泣く資格はない、とフィオナは嗚咽《おえつ》を堪える。

嫌っていい。嘘つきだと憎んでもいい。そうして、早く私のことなど忘れてしまえばいい。

グレイグと、暖かく迎え入れてくれた使用人たちが住まうあの重厚な邸は、もう関係のない場所なのだ。モザイクの光に満ちたあんなにも幸せな場所には、二度と出会うことはないだろう。

優しくしてくれたデボンやドーラや侍女たちを思い出すと、再び涙が浮かんでくる。

「もう会えないの、わかっているでしょ。泣いたって、何も変わらないんだから」

母との関係がそうだった。辛くて夜ベッドで泣いても、翌日にはまた同じことが繰り返されるだけ。

フィオナは上体を起こし、ベッド脇のテーブルに鋭い視線を向けた。置かれている赤い房のついた古びた手帳を手に取り、表紙が歪むほど強く摑んだ。

バード家に帰ってきたフィオナは、ジョンと下働きのクーリとミンに、ウォード子爵が見合い相手ではなかったと話した。

「まことでございますか？」

グレイグが見合い相手ではないと知って、三人はなんとも言えない顔になった。困ったようなほっとしたような、どちらにも転ぶような顔だ。

「手違いがあったみたいで、私のお相手ではなかったの。だから仲介人に謝罪して、本来の見合い相手に取り成してもらわないと」

「白鷺将軍にお願いできないのでしょうか」

フィオナを邸に招くほどなのだから、グレイグに借金の肩代わりを頼んではどうかというのだ。

「恐ろしい方だという噂ですが…」

白鷺将軍と結婚できたらフィオナは借金に悩まされずに済むと喜ぶ反面、怖いという噂のあるグレイグと結婚して幸せになれるのだろうか、と心配もしていたようだ。だから、グレイグが見合い相手ではないと聞いて、なんとも言えない顔になったのだ。

フィオナは頭を振った。

「恐ろしい方だなんて、大嘘よ」

後悔に押しつぶされそうになり、口元が戦慄《わなな》く。

「フィオナ様？　大丈夫ですか？　ウォード家で怖い思いをなさったのでは…」

「いいえ。グレイグ様も、邸の人たちにも大切にしていただいたの。グレイグ様は本当にお優しい方なのよ」

そんな優しい方に、私は…。

自嘲気味な笑みを浮かべる。

「グレイグ様は頼めばきっと助けてくださるでしょう。でも、それはできない」

フィオナはバード家で行われていた詐欺の話をした。

「そのようなことが…」

ジョンは絶句し、申し訳ございません、と深々と頭を下げた。

「知らなかったでは済まされません。すべて私の責任です。私が奥様のお怒りを恐れて腫《は》れ物に触るように接していたばかりに…」

「どうしようもなかったのよ」

母はバード家で恐怖政治を敷いていた。このような事態を引き起こしたのは母で、他の誰にも責任はないのだ。済んでしまったことを悔やむより、これからのことにあなたの力が必要なのだ、とジョンを励ます。

「グレイグ様には迷惑をかけられない。お名に傷がついてしまうもの」

「ですが……」

言い募るジョンを制し、本来の見合い相手と結婚する以外、残された道はないのだと諭した。

それから、仲介人に会った。なんとか見合い相手に取り成してくれるよう、数少ない宝飾品の中から一番いいものを渡して頼み込んだ。見合いが成立すれば仲介人の懐も潤う。きっと相手を説き伏せるはずだと思ったのだ。案の定、仲介人はフィオナの渡した宝飾品を手に満足した様子で、取り成しを請け負った。

「フィオナ様、貴重な宝飾品を渡してしまってよろしかったのですか？」

「いいのよ。もう一度見合いができるし、これで借金はなんとかなるもの」

ジョンは肩を落とし、クーリとミンは涙ぐむ。

「そんな顔をしないで。最初から決まっていたところに落ち着くだけよ。さあ、片づけをしましょうか。手伝ってちょうだい」

フィオナたちは母の遺品整理をした。遺品といっても、逃げ出した使用人たちが金目のものはほとんど持ち去ったので、残されているのは古びて傷んだ家具や着古した衣類。手紙などの紙類の他は、使い道のないガラクタばかりだったけれど。

紙類以外のものは、ジャンの勧めで古道具屋に引き取ってもらうことにした。たいした金額にはならないと思っていたが、それらすべてで、四人が半年ほど暮らしていける金額になると聞いて驚く。

「私は世間知らずなのね。ああいったものが売れるなんて思わなかったわ。これで小麦も買えるわ」

「数が多かったですし、古くても手を入れれば使えるものばかりですから。反故紙《ほごし》も買い取ってもらえるのですが、何が書いてあるかわかりませんから、こちらは処分しましょう」

古道具屋が引き取りを拒んだものは、すべて燃やすことにした。母とは楽しい思い出はないし、特に思い入れのある品物もない。

ジャンが庭に穴を掘り、フィオナと老女たちでその中に放り込んで火を点《つ》ける。箱の中の紙類を一枚ずつ確認しては、穴の中に投げ込んでいたフィオナは、赤い房のついた古びた手帳を見つけた。

「何かしら」

表紙を開いてみる。

——やっと結婚に承諾した。これから自由に金が使える。

踊った文字で最初にそう書かれていた。

「これは、お母様の日記?」

パラパラとめくっていくと、そこには思いもよらないことが書いてあった。

——騙された。子供がいるなんて聞いてない。ああ煩わしい。

——当てがはずれた。ちっとも裕福じゃない。

——病気になるなんて。役立たず。いっそいなくなれば…。

——娘はいずれ売ってしまえばいい。少しは金になる。

そして、最後のページにはこう書かれていたのだ。

——ああ、やっといなくなってくれた。


フィオナは握りしめていた手帳をベッドの下に投げ捨てた。夢見が悪かったのは、寝る前に手帳に目を通していたからかもしれない。

知ってよかったのか、知らなかった方がよかったのか…。

自分のことなのに、よくわからない。

父はもしかしたら母に殺されたのでは。

疑い出すと際限がないが、調べようもない。

窓の外は白々と夜が明け始めていた。一日が始まろうとしている。フィオナにとって特別な日。見合いの日だ。

「お母様、満足ですか？　あなたの思惑どおり、私は借金の形《かた》に結婚するのです」

声が震えるのは、大声で罵倒したいほどの怒りを抑え込んだからだ。

母に愛されたくて必死になっていた自分があまりに滑稽で、なのに、怒りをぶつける相手はいない。酷い仕打ちの日々に、自分は実の子ではないのではと考えたこともあったけれど、事実、血の繫がりはなかったのだ。

母だと思っていた人、エルドラは、裕福な暮らしを夢見て父と結婚したようだ。それまでエルドラがどこで何をしていたのか、父といつ出会ったのか、フィオナの実母のことも、手帳には何ひとつ書かれていない。

父が病に倒れてから、代々の肖像画や先祖が書き残したものはすべて焼き捨てていた。バード男爵家の過去を消して、我がものにしたかったのだろう。

苛立ちを書きなぐっている手帳は、鬱憤の吐き捨て場だったようで、日記は父が亡くなった日で終わっていた。細々と歴史を繫いできたバード男爵家は、その日に消え去っていたのだ。

だが、それを大声で訴えても、借金は帳消しにはならない。

フィオナは手帳を拾うとベッドから出た。台所に行くと、クーリとミンがたくさんお湯を沸かしてくれていた。湯浴みの用意を頼み、台所から二人が出ていくと、フィオナは竈《かまど》の前にしゃがんで、竈の火の中に手帳を放り込んだ。

革の表紙が火に炙《あぶ》られ、赤い房が揺れ躍りながら消えていく。紙に火が点いて手帳が燃え上がり、端から灰になっていく。フィオナは、灰が崩れ、炎が小さくなっていく様を見つめていたが、なんの感慨も得ることはできなかった。

身を清め、粛々と身繕いする。海老茶色のドレスを選び、宝飾品を重ねづけ、眉が吊り上がるほどに髪をきつく纏め、濃いめの化粧を施す。

姿見の中の自分はエルドラ好みの令嬢だった。

「フィオナ様、フィオナ様！」

ミンが慌ただしい様子でやってくる。

「仲介人が来られたの？　少し早いわね」

「ウォード子爵様です。フィオナ様に会うまでは帰らないとおっしゃって」

「グレイグ様が！」

会いたい。会いたい！　お顔が見たい！

胸が高鳴る。走り出しそうになる。

「すぐに…」

「困りました。もうしばらくしたら仲介人が来る時間ですし」

フィオナははっとした。

自分から別れを告げたくせに、グレイグ様を傷つけたくせに、どんな顔をして会うつもりなの。バカみたい。グレイグ様は怒って抗議に来たのよ。ジェイド様から聞いたんだわ。

たまたま玄関前にいたジョンが外で相手をしているが、今にも押し切られてしまいそうな様子らしい。

「私が出ます」

玄関まで来たものの、怖気《おじけ》づいてしまう。顔を見れば心が乱れてしまうから。ジョンの声だけが扉の向こうから聞こえてくる。なんとか帰ってもらえるよう必死に説得するジョンの前で、グレイグは無表情で立っているのだろう。出ていけば、グレイグから怒りをぶつけられるかもしれない。

フィオナは拳を胸に当て、勇気を奮い立たせて扉を開けた。

グレイグが愛馬と共に佇んでいる。フィオナはグレイグをなるべく見ないようにして、ジョンを叱責した。

「何を騒いでいるの、騒がしい」

「……フィオナ様、申し訳ございません」

ジョンは喘ぐように言った。フィオナがまるでエルドラのようだったからだ。

「フィオナ」

グレイグに名を呼ばれて息が詰まる。幸せだったころと同じ、穏やかな声はフィオナの全身に染み込んでいく。顔を見れば、黒曜石の瞳は柔らかな光を湛えていた。いつも自分を見つめていたあの瞳だ。

怒っていらっしゃらないの？

思わずグレイグに向かって足が動きそうになる。フィオナはぐっと耐えた。

「グレイグ様、何用でしょう」

「話がしたい」

「お話しすることはございません」

「聞きたいことがある」

「いきなり訪ねてこられても迷惑です。これから大切なお客様がお見えになるの」

「誰だ」

「聞いてどうするのです。あなたには関係ない方です。お帰りください。グレイグ様とはもうお会いしません！」

慇懃《いんぎん》に言ってジョンを扉の中に引っ張り込み、グレイグが何か言う前にフィオナは扉を閉めた。

「フィオナ様…」

ジョンはフィオナの行動に面食らっている。

「ごめんなさい、ジョン。キツイ言い方をしたわ」

「いえ、いいえ、私は何も。ですが…」

扉の向こうを気にかけるジョンに、フィオナは頭を振った。

「もういいの。いいのよ」

グレイグ様にはもっと似合いの人がいる。私ではなかったのよ。アンナ様みたいな方が奥様になれば、きっと…。

グレイグと見合いする予定だったアンナは、グレイグを好きなのだろうか。

どちらかと言えば、ジェイド様をお好きなような…。

フィオナは頭を振った。

バカね。グレイグ様も、ジェイド様もアンナ様も、自分とはまったく別な世界に住む関係ない人たちなのよ。


馬に乗っているのに、グレイグは自分の足でとぼとぼと歩いている気がした。利口な愛馬が主の心を感じ取り、力なく足を運んでいるのだ。

商店や屋台の立ち並ぶ買い物客で賑わう街道を、グレイグはウォード邸に向かっていた。無表情なグレイグを見て、道行く人は恐ろしいものから逃げるように、左右に割れて行く手を開けていく。

「ねぇ、あれは誰?」

「知らないのか、白鷺将軍様だ」

そんな人々の囁きも耳に入ってこないほど、グレイグは落ち込んでいだ。

閉じた扉は二度と開かなかった。しばらく佇んでいたが、グレイグは諦めて帰ることにした。

昨日は、人が変わってしまったようなフィオナの口からジェイドの名前が出て、フィオナもジェイドに魅かれるのか、と衝撃を受けた。頭の中が真っ白になり、わかった、と言ってその場を離れてしまったのだ。

部屋のベッドに仰向《あおむ》けに寝たまま身動きできずにいた。これまでの人生では辛く苦しいことを経験し、グレイグに大きな傷痕を残したが、フィオナを失った空虚感は耐えがたいものだった。

……失恋。

自分でも思いもよらぬ言葉が浮かんだ。この齢になって失恋するなど考えたこともなかったし、泣きたくなるとは思わなかった。

さすがに泣きはしなかったけれど…。

運命の出会いなど夢なのだという境地に至り、少しずつ心が落ち着いてくると、冷静に考える余裕が出てきた。

資料を手に戻ってきた時、フィオナは心ここにあらずといった様子だった。どこかぼんやりしていて、ジェイドにのぼせたという雰囲気ではなかった。だから、嫌みを言われたのではないかと心配になって聞いたのだ。

フィオナががらりと変わったきっかけは、ジェイドたちで間違いない。自分が席をはずした短い間、あの三人でどんな話がなされていたのだろう。

それが知りたくてフィオナに会いに行ったのだが、けんもほろろだった。

何が原因だったのか。

眉間に皺を寄せ、固く目を瞑り、馬の揺れに任せて考え込むも、唸《うな》るばかりで、ますます道行く人々が遠巻きにする。

『聞いてどうするのです。あなたには関係ない方です。お帰りください。グレイグ様とはもうお会いしません』

フィオナはまるで氷のように冷たかった。思い出すと心が萎《しお》れてしまう。折れずにいるのは、まだ、一縷《いちる》の望みに縋りついているからだ。

肩を落として邸に戻ると、ジェイドが待ち構えていた。自分の邸のように居間で寛いでいる。デボンが申し訳なさそうな顔で両手を揉んでいる。

「何しに来た」

今、一番会いたくない人間だ。

「あの娘はいないのか。どうしてだ？　デボンやドーラははぐらかすし、使用人たちはだんまりだ」

「帰れ」

出口を指さすと、ジェイドは肩を竦めてソファーの背もたれに寄りかかる。

「まあ俺の話を聞け。聞けば、お前も納得して俺に感謝するさ」

力説するジェイドを、窓辺に座っているクリスが獲物を品定めするように、細めた目で、じーっと見ている。

ジェイドは猫が苦手だ。子供の頃に自慢の顔を引っかかれ、ミミズ腫れになったからだ。傷がきれいに消えるまで、一月半もの間、邸から出なかったそうだ。

そこら辺の猫を怖がりはしないが、クリスだけは別なようだ。クリスも嫌われているのを察知してか、ジェイドを疎ましく思っている節がある。

いっそ襲いかかってくれ、褒美をやるぞ。

ジェイドはバード男爵家が破産していることや、夜会を開いては詐欺事件を繰り返していたことを嬉々《きき》として語った。

破産と聞いて驚いた。フィオナは一言も言っていなかったからだ。

「あの娘は母親のバード男爵夫人と一緒になって詐欺の片棒を担いでいたってさ。夜会で客の間を蝶《ちょう》のように飛びまわって、男を手玉に取っていたんだぜ」

「見たのか？」

「あぁ？」

「手玉に取っているところを見たのか？」

「いや、そのくらいわかるだろう」

「見ていないのだな」

「俺が下位貴族の夜会に行くわけがないだろう」

図星をつかれたジェイドは開き直った。

フィオナはそんな娘ではないと否定したくても、社交に疎いグレイグはバード男爵家を知らなかったし、なにしろ、ジェイドを納得させるだけの証拠がない。

だが、それがなんなのだ。

「彼女は優しい」

「そりゃあ優しくするだろうよ。騙すつもりなら。借金持ちの貧乏貴族だから、お前に取り入って上流社会に入り込みたかったんだろうよ」

「俺は知っている」

「あん？」

「俺はフィオナを知っている」

「裏の顔は知らんだろうが」

ジェイドは両腕を広げる。

「おとなしい顔をして平気で法螺《ほら》を吹く。デボンもドーラも使用人たちも、みーんな騙されていたんだよ」

そうかもしれない。けれど…。

「騙されていても構わない」

「お前、女の恐ろしさを知らんだろうが」

「知らん。そんなことはどうでもいい」

「何言ってんだよ。よくないぞ。そこはちゃんとわかっていないと――」

「フィオナは！　彼女は俺を怖がらない。俺に微笑んでくれる。俺を優しい人だと言ってくれる」

いったい何をふらついていたのか。ハニーガーデンで出会ってから、俺の心は決まっていたというのに。

グレイグがふっと笑うと、ジェイドが不気味なものでも見るようにのけぞった。

「おい、大丈夫か？　なんか変なもんでも食べたのか？」

彼女が俺を嫌っていたとしても、俺はフィオナを…。

「愛している」

「へ…？」

ジェイドはぽかんと口を開けた間抜け顔になる。

「ジェイドに言っているのではない」

「わかってるよ。マジ顔で言うからびっくりしたんだ。王宮で男色の噂が出ていたからさ」

グレイグはジェイドに向かって拳を突きつけた。

「フィオナを愛している」

「グレイグ、お前さぁ…」

「愛しているんだ」

グレイグの意志が固いと理解したのだろう。ジェイドは大きなため息をつくと天井を見上げた。

「お前の気持ちはよーくわかった。頑固なのは知っていたがここまでとはな。痛い目を見ないとわかんないんだろうよ」

心配してくれているのはわかるが、大きなお世話なのだ。

「だがなぁ、この先のことを考えると、結婚相手は選んだ方がいいと思うんだ。俺が見合いで紹介したかったのは、ほら、この間連れてきたレブン伯爵家のアンナ嬢だ」

最も気に食わないタイプだ。げっ、と声が出そうになったが、クリスが伸びをしてから、ゆっくりとこちらに歩いてくるのが見えたので、聞き流すことにする。

いいぞ、クリス。こっちに来い。

「彼女は上流社会に顔が広い。社交慣れもしているから、客のあしらいは上手いぞ。お前にはもってこいの相手だぉぉぉぉぉぉ！　ちょっ、猫！　いつ来たんだ！　グレイグ、あっちへやってくれ！」

「直接言え」

「猫が言うことなんか聞くもんか」

しっしっと手を振り、踏みつぶすぞと言わんばかりに足を踏み鳴らすが、クリスはお構いなしに近づいてくる。ジェイドは慌てて立ち上がるとソファーの上に乗った。

「一回でいい。俺の顔を立てると思って、アンナ嬢をエスコートして舞踏会に出てみろ。陛下もお喜びになられるぞ」

言いたいことを言って、ジェイドはソファーから飛び降りると、クリスから逃げるように帰っていった。

「ふんっ、そんなに気に入っているのなら、お前が結婚すればいい」

グレイグのいるソファーにクリスが飛び乗ってくる。グレイグはクリスのために身体をずらして場所を空けてやると、クリスはだらりと横になった。グレイグはソファーの隅っこで深く身体を預け、頭の中を整理する。

濃い化粧をして強い口調で話すのがフィオナの本質だとは思えない。たった数日暮らしただけなのに、グレイグは納得できないのだ。

フィオナは演じていたのか。いや、だがしかし、なぜそんなことをする必要があるのか。

フィオナは母とは合わないと言っていた。派手なドレスも夜会も好きではないと。ジェイドが言うような娘なら、デボンが勧めた時に何枚もドレスを作り、夜会に行きたいとねだるはずだ。自分から離れてバード家に帰ってしまったら、富も栄華も手に入らないではないか。しっくりこない。何かがおかしいと思う。だが、考えがまとまらない。情報が足りなさすぎるのだ。

「ジェイド様はお帰りになられました」

見送りに出たデボンが戻ってくる。

「聞いていたか」

「あの話、お信じになられるのですか？」

デボンから意外な質問が返ってくる。

「デボンは？」

「私が、ではなく、グレイグ様がどう思われたか、ではないでしょうか」

ジェイドの調査が間違っているとは思わない。だが、すべてではない気がする。ならば、何を成せばいいのか、おのずと答えは見えてくる。

フィオナと向かい合って話をしなければならなかったのだ。

クリスが肉球を舐めながら、時折こっちに向ける視線が、すごすごと帰ってきてしまったヘタレめ、と言っているようで悔しい。

「……出かける」

扉を蹴破ってでもフィオナに会う。

　グレイグはもう一度、バード男爵家を訪ねた。

「申し訳ございません。フィオナ様はご不在です」

「嘘を申しているのなら、覚悟が必要だぞ」

　バード男爵家の執事を見下ろして、グレイグは腰の剣に手を置いた。執事は真っ青な顔になって震えたが、本当にいないのだと言い募った。

「どこへ行った」

「…行き先は存じません。ですが……」

　執事は押し黙ってしまった。

「はっきり申せ！」

「白鷺将軍様、フィオナ様をお救いください」

「どういうことだ。すべて話せ」

　執事の話はこうだった。

　バード男爵家に多額の借金があるのは事実だった。フィオナの母バード男爵夫人エルドラの散財によるもので、エルドラの雇った使用人たちの窃盗事件まであった。残っている使用人は三人だけだと聞き、グレイグは驚いた。

　フィオナはバード男爵家の借財なのだからと、借金の肩代わりをしてもらうため、仲介人の持ってきた見合いをすることにしたようだ。

「見合いのお相手は裕福な子爵様だとしか聞かされておりませんでしたので、ハニーガーデンでお会いした将軍様がてっきりお相手なのだろうと…」

俺もフィオナも相手の名を知らなかったから、互いに勘違いしたのか。

だが、見合いをすっぽかしたことになったフィオナは、借金だけでなく、仲介人から違約金を請求され、双方からの催促に耐え切れず、執事はフィオナに手紙を送ったのだ。

フィオナは少ない手持ちの宝飾品を仲介人に渡して見合い相手に取り成しを頼み、今日その相手との見合いに出かけたのだ。

「白鷲将軍様にお助けいただいてはとお勧めしたのですが、フィオナ様は、私とつき合いがあるというだけでお名に傷がつくからと申されて…」

俺を守るためだったのか。

ジェイドに出ていけとでも言われたのだろう。他の猫たちも集めて、一斉にけしかければよかったと後悔する。

「あのキツイ物言いは」

「エルドラ様の真似をなさったのでしょう」

バード家の実権を握っていたエルドラは、自己顕示欲の強い、強欲な人間だった。

「フィオナ様はお優しい方です。詐欺行為などなさるはずがございません」

「わかっている」

遺品の中から出てきた日記で、エルドラが実の母親ではなかったこと、フィオナを都合よく使った挙句、借金の形に売ろうとまでしていたことが明らかになっていた。

もしも生きていたら、厳罰を科してやったものを。

フィオナは執事たちがここで暮らせるよう、バード家の主として一筆残していた。

「本当にお優しい方なのです。どうか、どうか、フィオナ様をお救いください。見合いのお相手がよい方ならいいのです。ですが、この見合いはエルドラ様が計画なさっていたことで、フィオナ様がこのまま戻ってこられないのではないかと…」

「その仲介人の名は?」

執事に聞いてすぐに向かった仲介人の住まいは、もぬけの殻だった。執事の不安は的中したのだ。

フィオナは跡形もなく消えてしまった。

「くそっ!」

探す足掛かりがなくなった。仲介人から名なしの子爵に辿《たど》り着けると安易に考えていたのだ。

フィオナがどんな目に遭わされているのかと思うと、彼女を手放してしまった愚かな自分にこそ、厳罰を下さなければと思う。

どうして頼ってくれなかった。迷惑などではないのに。借金など俺がすべて片をつけるのに。

恨めしく思う。だが、それがフィオナなのだ。優しく儚げなのに、真っ直ぐに生きて、自分の責務を全《まっと》うしようとしている。たとえ、血の繋がらない母の負債であったとしても。

なんとしてでも見つけ出し、フィオナを必ずこの腕の中に取り戻す！　俺から離れていった恨み言は、抱きしめた腕の中で直接言う。

こうと決めたらグレイグの行動は早い。王宮に隣接する白鷺軍の兵舎へと愛馬を走らせた。

ひとりで闇雲に探しても見つからないだろう。探し出す時間も限られている。情報集めと探索に慣れている人間の方が早いと踏んだグレイグは、白鷺軍の生え抜き六人にフィオナの行方《ゆくえ》を追ってもらうことにしたのだ。

こういう場合、本来なら私兵を使うところだが、グレイグはこれまで私兵を持たずにきた。将軍位と爵位をいずれ返すつもりでいるので、ウォード子爵として私兵を集めてしまうと、彼らを養う責任ができて、爵位を返せなくなってしまうからだ。

白鷺軍は直属ではないが国王の軍隊だ。私用で軍の細作を使ったことが国王に知れたら、咎めを受けるのは必定だ。

構うものか。

「つまり、そのご令嬢を探し出せ、ということですね」

「そうだ。お前たちを密かに集めたのは、個人的なことだからだ。他の兵たちにも知られないよう内々で頼みたい」

グレイグは深々と頭を下げる。

「やめてくださいよ、部下にそんなことをするのは」

「ほかならぬ将軍の頼みですから、命に代えても」

「お前、大袈裟《おおげさ》。どうせ暇ですから、くらいにしとけよ」

全員がお任せくださいと気安く請け負ってくれる。

「ところで、その方は将軍どういう関係があるのかなぁ、なーんて…」

ひとりがとぼけた様子で聞く。

「妻」

と言った途端、どよめきが走り、口々にいつ結婚したのかと聞いてくる。

「まだだ」

「妻にしたいご令嬢ということじゃねーの」

「ああ、なるほど。んじゃあ、にしたい、まで言ってほしいっす」

言おうとしたのだが…。

「そうとなったら急ぐぞ」

「王都内なら今日明日中に片をつけます」

グレイグの話を聞いた六人は簡単な打ち合わせをすると、下町にある飲み屋の裏手の小屋を連絡場所に決め、ひとり、またひとりと王都に散っていく。

白鷺軍の物見や細作は三軍の中でも抜きん出た腕っこきだ。これまで苦楽を共にしてきた彼らなら、絶対に見つけてくれると信じている。グレイグはすでにフィオナを取り戻した心持ちになっていた。

一旦邸に戻ってから下町の連絡小屋に詰めようと、愛馬の轡《くつわ》を掴む。すると…。

「白鷺将軍さまーっ！」

侍従が叫びながらこちらに向かって一目散に駆けてくる。その速いことといったら、文官にしておくのが惜しいほどだ。

軍の伝令に欲しいな。

逃げるのも忘れて、走りっぷりに思わず見とれてしまった。

「よか…った、お帰りに、なられる、前、で…」

国王はグレイグが兵舎に来たのを知って、使者を送ってきたようだ。言いつけを破って兵の訓練に来ると踏んで、兵舎の付近に網を張っていたのだろう。逃げられないように足の速い使者を遣わしたのだ。気を配って動いたつもりだったが…。

抜かった！

侍従は息を整えると言った。

「陛下のお言葉でございます。『グレイグ、相手が見つかったそうだな。よきかな、よきかな。ちょうどよかった。王宮で舞踏会を開く予定がある。必ずその相手と二人で顔を出すように。わかったな。言いつけを破ったことはそれで不問とする。わっはっはっ』以上です」

ぺこりと頭を下げて帰ろうとした侍従に、舞踏会はいつだと尋ねる。

「三日後でございます」

では、と侍従が駆け戻っていく。

「ジェイドのヤツ、余計なことを…」

グレイグの相手が見つかりましたよ、などと調子のいいことを国王に言ったのだ。相手が誰なのか告げていないのは救いだ。面白がって、当日までのお楽しみですとでも言ったのだろう。国王が舞踏会に来いと言ったのがその証拠で、相手を見たいのだ。

「それまでにフィオナを見つけなければ」

ジェイドはあの赤い令嬢をエスコートさせるつもりなのだ。

「いいヤツだがお節介が過ぎる。今度来たら、必ず邸中の猫をけしかけてやる」

グレイグはひとつ息をつくと、剣の柄を握りしめ、腰を沈めて抜く構えを取った。グレイグの周りにすさまじい闘気が昇り立つ。どこにも向けられない怒りを、剣を抜かず、闘気を放つことで静めたのだ。

グレイグが邸の前から遠ざかるまで、フィオナは扉の前から動かずにいた。

これが最後。

グレイグの声と足音、剣の金具がぶつかる音、愛馬の嘶《いなな》き。姿は見えなくても、少しでも近くにグレイグを感じていたかった。

思い残すことは多々ある。あれもしたかった、これもしたかった、ああ言えばよかった、こう言えばよかったと、尽きることのない自分に呆れてしまうほどに。

会いに来てくれて嬉しかった。

直接伝えられないのが残念だ。

「古道具を売ったお金でしばらくは暮らせるわ。それからのことはまた考えましょう」

ジョンは最後まで、見合いに行くのを反対した。クーリとミンも。

フィオナだってわかっている。見合いと称する身売りだということを。このまま行ったら、ここには戻ってこられないかもしれないことも。自分で決めて納得したように見せているけれど、本当は逃げ出したいのだ。

しかし、邸を引き払って逃げても借金取りは執拗に追ってくる。逃げれば逃げるほど借金は膨らむだけだ。

邸だけでも残っていてよかった。ジョンたち三人が細々と暮らしていくのなら充分だもの。

フィオナは自室のベッドの上に、ジョンたち使用人がこの邸で暮らすことを、自分が帰るまで認めるという、一筆を残した。これで、役人が来ても追い出されることはない。

グレイグと入れ違いに迎えに来た仲介人と共に、フィオナは請求書の入った箱を手にして馬車に乗り込む。

「行ってきます」

フィオナは見送る三人に手を振った。明るくしていないと不安でどうしようもなかったから。

「子爵様は首を長くしてお待ちですよ」

仲介人はホクホク顔で馬車に揺られている。そしてすぐ、馬車の揺れに合わせて、かくん、かくん、と船を漕《こ》ぎ始めた。

どのくらい走るのかわからないけれど、変に気を遣わなくて済むわ。話が合うとは思えないもの。

馬車の乗り心地は悪くないが、フィオナは落ち着かなかった。馬の蹄と車輪の音に交じって、自分の心臓の鼓動が耳の近くで聞こえてくる。大丈夫だと誤魔化しても、あの母の知り合いの名も知らぬ子爵が怖いのだ。

グレイグ様に馬に乗せられた時も怖かったけど、あの時の比じゃないわ。だって、あの時はグレイグ様が腕で落ちないように支えてくれたもの。

ずっと優しかった。愛してくれた。

目を瞑ると、グレイグの顔が様々な表情で現れては消えていく。

子爵に嫁ぐことになったら、グレイグを忘れなければならない。だが、忘れられるのだろうか。鮮烈な記憶がフィオナに刻まれているのだ。

グレイグ様以上に、好きになれればいいけれど…。

グレイグを好きなまま嫁ぐのは、子爵に対して失礼だし、不貞になるのではないのか。

「そろそろ着きますよ」

考え込んでいる間に、だいぶ時間が経っていたようだ。仲介人は目を覚まして窓の外を窺っている。

馬車の速度が落ち始める。子爵の邸に着くのだ。いよいよ後戻りはできない。御者のかけ声と共に馬車が止まった。

ここが子爵様のお邸？

こぢんまりとした邸は裕福な貴族の邸という雰囲気ではなかった。小さな邸だったからではない。窓に鉄格子が嵌まっているのだ。

まるで、中から出られないようにしているみたい。

仲介人が訪《おとな》いを入れると、老女が扉を開けた。フィオナの頭の先から足の先まで、舐めるように見て、仲介人に向かって頷く。

「さあ、お入りください」

仲介人に背中を押されて中に入ると扉が閉まった。老女の後についていて歩いていて、仲介人の姿がないことに気づく。

「あの、仲介人の方は…」

問いかけた時、ガチャっと音がして、廊下の中ほどの扉が開いた。幼い顔の娘が顔を出し、フィオナを見て驚いた顔をする。

「…こ、こんにちは」

挨拶すると、娘はおどおどとした顔で引っ込んでしまう。老女は何事もなかったかのように歩いていってしまうので、仕方なく後に続いたが、フィオナは娘が気になった。彼女の首や腕には包帯が巻かれていたからだ。

頬も少し腫れていたわ。ぶたれたのかしら。ここでは何が行なわれているの？

握りしめた手が汗ばんでくる。

相手を見て、どんな人か観察して、どうするか考えるのよ。

老女が案内した部屋に入って、フィオナはぎょっとした。ソファーと椅子があるだけの部屋に、五人の若い娘がいたのだ。

光のない瞳で何かを呟いている娘。人形のように身動きせず座っている娘。残る三人は寄り添って座り、互いの手を握り合ってフィオナを見ている。

「ようこそフィオナ嬢」

「あなたは…」

背後から名を呼ばれて振り返ると、バード家の夜会に足繁く通っていた壮年の男がいた。

「ホプキン子爵！」

「久しぶりですな、フィオナ様」

ホプキンは部屋に入ってくると、禿《は》げた頭を恭しく下げるという慇懃無礼な挨拶をする。

この方が見合いの相手？　そんな…。

年が離れている。外見も決していいとは言えない。だがそれよりも、フィオナはホプキンにいい印象を何ひとつ持っていなかったのだ。

ホプキンは自分より上の立場、もしくは利用できる相手なら酷く丁寧に、それ以外は頭勝ちにと、態度が二極化するからだ。

「彼女たちは…」

ホプキンが部屋に入ってきて、三人の少女たちは、自分の存在を消すかの如く身体を小さく丸めた。怖がっているようだ。

「ああ、商売の手伝いをさせているのですよ」

「手伝い…」

元は商人だと聞いている。離散しそうな子爵家の名義を買って、ホプキン子爵になった。名義買いはオルタナでは認められていない行為だが、下位貴族は暮らし向きが楽ではない家が多く、エルドラのように娘を裕福な人間に嫁がせて援助してもらったり、名義を売って貴族を捨てたりする者もいるのだ。

仲介人が裕福だと言ったのはあながち嘘ではない。ホプキンは子爵になっても商人として金儲《かねもう》けに勤《いそ》しんでいる。エルドラはそんなホプキンを贔屓《ひいき》にしていた。頼っていたと言ってもいい。外の夜会に出かける時はホプキンの馬車が迎えに来たし、手紙のやり取りも頻繁だった。詐欺の仲間だったのかもしれない。

ここはホプキン子爵の邸なのかしら。それにしては小さい。ここでもバード家でしていたようなことをさせられるのかしら。あの子たちに商売の手伝いをさせていると言ったけれど、いったい何をさせているのかしら。私よりも若い子なのに。

新たな疑問がいくつも出てくる。

「ホプキン子爵が見合いのお相手だったのですか？」

「見合い？　ああ、まあ見合いと言ってもよろしいでしょうかな」

「違うのですか？」

「今更どちらでもいいではないですか。あなたに気を遣って、せっかく薔薇の庭を予約したのに、逃げてしまわれましたからね」

「逃げたのではありません」

フィオナは否定するも、ホプキンは聞く耳を持たないようだ。

「あそこでは散々な目に遭いましたよ。やってきたのはあなたではなくて、レブン伯爵家のご令嬢だというではありませんか。侍女たちがきゃーきゃー喚《わめ》いて人の話を聞こうとしないし、衛兵までやってきて、危うく取り押さえられるところでした。私が薔薇の庭を予約していたことははっきりしているので、レブン家からの訴えは取り下げられましたが、踏んだり蹴ったりですよ」

ハニーガーデンで聞こえてきた騒ぎは、これだったのだ。

「いやはや、まさかエルドラ様が亡くなられるとは思いもしませんでした。もっと長生きしそうな方でしたのに、くっくっくっ…、当てがはずれました」

あれほど親しくしていたのに、亡くなったことを悲しむどころか笑うなんて。

「当てがはずれたとはどういう意味ですか？」

「ご存じですか？　エルドラ様があなた様の実の母ではないことを」

「…ええ」

頷くと、ホプキンは意外だという顔をした。

「あなたを売ろうとしていたことは？」

「知っています」

ホプキンは効果的に傷つけようとしているのだと思った。

「それなのにここへ来たと」

フィオナは持っていた箱をホプキンに差し出した。

「なんでしょうかな？　見合い相手の私に贈り物でしょうか？」

嬉々として蓋を開け、顔を歪める。

「請求書、ですか？」

「借金を肩代わりしてくださるということでしたので」

これがある限り、邸に借金取りが来続ける。ジョンたちを守るためにはホプキンに引き受けてもらうしかない。

ホプキンは大声で笑い始めた。

「あなたも大したご令嬢だ。エルドラ様に貸した分だけのつもりでしたが、まぁ、いいでしょう。この程度は微々たるものです。その代わり、私の頼みを聞いてくださるのでしょうな」

「お金はなんとかして必ず返します」

「もしかして、借金の形に私に犯されるなどと思っているのなら、とんだ勘違いだぞ」

鼻で笑ったホプキンは強い口調に変わった。

「お前になんぞ興味はない。そんな価値があると思っているのか！」

怒鳴られたフィオナは息を呑んだ。

「金のために決まっているだろう。女は金がかかるし裏切る。だが金は裏切らない」

ホプキンは金だけが生きがいのようだ。

「お前にはすでに客がついている」

「身売りをしろというのですか？」

「ふん、身体を売ったところで、たいした儲けにはならん」

娘を数人置いているのは、商売に便宜を図ってもらえるよう、取引先や役人に貸し出すためだった。一日だけのこともあれば、何カ月も貸し出すことがあるという。

私もそのひとりに…。

「困った客がいてね。扱いが荒くて、時々壊されてしまうことがあるのだ。だが、代わりの道具はいくらでもいる」

三人の娘たちがさらに身を寄せ合った。

道具ですって。犯罪じゃないの。

廊下で会った怪我を負っていた娘や、心が閉じたような二人の娘たちは、そんな客の元に送られ、何カ月も痛めつけられていたのだとしたら…。

目の前が真っ暗になる。

「処女の貴族令嬢を望んでいる方がいる。逃げるなんて考えるなよ。どうせここからは逃げられんがな」

もっと早くに渡せるはずだったのにとんだ損失だ、とぶつぶつ言いながらホプキンは部屋を出ていく。

近いうちに自分も誰かに貸し出されるのだ。暗澹《あんたん》たる未来に押しつぶされそうになって、その場にへたり込んだ。

子爵を好きにならなければなんて考えていた私は、なんてバカだったの！

娼館という場所があって、借金の形にそこへ売られる娘がいるのは知っている。売られた娘が多くの男の相手をさせられることも。ならば、好きでもない人と我慢して結婚する方がマシだと思ったから来たのだ。

グレイグ様に縋ればよかったの？　いいえ！

フィオナは頭を振った。

自分が見た、自分の知っている、自分の理解できる世界がすべてだと思っていた。見合いさえすれば、結婚さえすれば、道は開けると考えていた。そして、檻《おり》の中に飛び込んだのは自分なのだ。

処女ではないと知ったら、ホプキンの客は怒り狂うだろう。

今、命を絶ってしまえば…。

『どんな苦境に立たされても俺は生き抜く』

グレイグの言葉を思い出す。フィオナは唇を噛んで自分を抱きしめる。

どこにも逃げられず、たったひとりで戦わなければならない恐怖。いずれそこから出られるとしても、戻ってくるのは鉄格子の窓の中だ。

グレイグ様、私は耐えられるでしょうか。

救いがあるとしたら、ジョンたちが借金取りに追われなくなったこと。そして、初めてをグレイグに捧げられたこと。

愛しています、グレイグ様。ボロボロになっても生き延びて、グレイグ様に会う機会があったなら……。

酷いことを言って傷つけたことを謝りたかった。謝罪を受け取ってもらえないかもしれない。けれど、それだけは伝えたかった。

グレイグ様に愛された記憶がある。きっと耐えられる。

三人の娘たちがおずおずとフィオナに近づいてきて寄り添った。酷い仕打ちを受けながら、彼女たちはフィオナを慰めようとしてくれているのだ。

フィオナは力のない自分が情けなく、せめても、と娘たちを抱きしめた。

エルドラはバード家のような下位貴族同士で夜会を開いては、互いに行き来していた。ごくたまに、知り合いの伝手《つて》で上位貴族の夜会に出かけることもあったが、帰ってくると、不機嫌で悪態をつくことが多かった。

気位の高いエルドラは、自分と他人を比較して悦に浸ったり、虫の居所が悪くなったりしたから、出先で面白くないことでもあったのだろう。そんな日は、部屋で息を潜め、エルドラが早く寝ますようにと祈ったものだ。

フィオナはホプキンに連れられて、エルドラが恋焦がれていた王宮に来た。

王宮とは建物や庭も含めた広大な敷地すべてを指している。ハニーガーデンも王宮だから、フィオナが来たのは二度目になるが、建物の中に入ったのは初めてだ。

王宮の夜会はそう簡単に入れない。特に、名も知られていない下位貴族のフィオナは、入り口で紋章入りのブローチを見せて名乗るだけでは足りず、紹介状を二通受付に渡さなければならなかった。一通はホプキンが、もう一通はフィオナが貸し出される相手が用意したようだ。

王宮の廊下は、煤《すす》汚れのない磨かれたランプが壁にずらりと並んでいた。短い間隔でたくさんランプを灯《とも》しても、光量が少ないと足元まではっきり見えないのだが、王宮は上等な油を使っているのだろう、明るさもひときわだった。

「さあ、こっちだ。早く来い」

ホプキンが居丈高に言う。

諦めたはずなのに、どうしても足が重くなる。ここに知っている人は誰もいない。フィオナが助けを求めても信じてくれないだろう。前に進むしかない。逃げたって、バード家の借金はなくならないのだ。

ホプキン子爵を追って角を曲ると、フィオナは息を呑み、足が止まってしまった。

大広間には煌々《こうこう》と明かりが灯されていた。廊下の明るさなど比ではない。金箔《きんぱく》が貼られた天井と柱に埋め込まれている水晶に、灯されたたくさんの明かりが反射して、神々しい光に満ちた空間を作り上げている。

「どうだ。初めて来た者は震えが来て、ここで足が止まってしまうのだ。外国の客人でさえそうだというのだから、お前など腰が抜けてしまったのではないか」

すごい。

浮かんだのはその一言だ。目がつぶれてしまうと思うほどの煌びやかな大広間に呆然とする。そして、目の前に広がる光景を目にしたフィオナは、エルドラの機嫌が悪くなった原因に合点がいった。

ひしめく大勢の貴族たちが身につけている衣装の豪華さ、洗練された上品さといったら、言葉も出ないほどだ。中には目を疑いたくなるような装いの人もいるけれど、上位貴族たちは常にこんな衣装を身につけているのだから、エルドラがどんなにおしゃれして出掛けても、到底太刀打ちできないだろう。

あの人はここで注目を浴びることを夢見ていたのね。

エルドラが王宮の夜会に出席したのは、フィオナが知る限り一度だったと記憶している。たった一度。この世界を覗いてしまったことが、エルドラの、そして自分の不幸の始まりだったのではないか。

自分たちとは混じりえない世界。

フィオナはそれがわかるけれど、エルドラには理解できなかったのだ。

派手好きで、ちやほやされるのが大好きだったもの。

この煌びやかな場所で人々の中心に立ちたいという夢が、いつの間にか執念となってしまったのかもしれない。

かわいそうな人。

夜会にまったく興味のないフィオナが、こんな形で出席することになろうとは…。

外の夜会に憧れてはいたけれど、この場に立ってみてわかった。ホプキンに高価なドレスを着せられても、ここは、自分には向かない場所だ、と。

でも、グレイグ様と一度、来てみたかった。

困ったようなグレイグの顔が浮かぶ。

夜会が好きではないそうだから、行きたいと言っても首を縦には振らなかったかもしれないわね。

この場にグレイグがいたら、遠くから一目姿を見たいけれど、きっと来てはいないだろう。

「おい、いつまでもぼんやりしているんじゃない」

苛立ったホプキンがフィオナの二の腕を摑む。

人混みを避けるように壁際を歩き、大広間の中ほどまで来ると、柱にもたれるようにして立っていた貴公子が、ホプキンに向かって軽く手を上げた。

「パミントン殿、遅くなってしまって申し訳ない」

常に偉そうなホプキンが、滑稽なほど下手に出ている。

「いえいえ、私も今来たところですよ。それに、女性は身支度に時間がかかるものですからね」

パミントンがフィオナに微笑みかけてくる。フィオナは黙礼して睫毛を伏せた。

この方は…。

フィオナはパミントンと目を合わせた瞬間、怖気が立った。とんでもなく冷酷な人間だとわかったからだ。

口元は柔和な笑みを形作っている。ほんの少し首を傾げ、あくまで自然な姿のように振舞っているけれど、茶色の目はちっとも笑っていない。

グレイグに初めて会った時、黒曜石の瞳に奈落の底に引きずり込まれると思った。だが、すぐに違うと気づいた。感情が枯渇してしまったように感じたのは、上手く表せないからだ。苦手なだけで、隠しているのでも偽っているのでもなかった。

「いかがですかな」

「そうだねぇ」

「もしもお気に召さないようでしたら、また別な者を連れてきますが、貴族の令嬢となるとなかなか入手しにくいもので、しばらくお時間をいただくことになります」

ホプキンは気づいていないし、パミントン本人も隠しているつもりなのだろう。

でも、フィオナには見えていた。

パミントンの目の奥には狂気があると。下から上へとフィオナを舐めるようなパミントンの視線に現れているのだ。

「入札が近づいていますので、これに決めていただきたいのですが」

「それはそちらの都合でしょう」

ホプキンはフィオナを連れ帰ってもらいたいようだが、パミントンはすぐには返事をしない。

二人の会話から、パミントンは王宮のどこかの部署の役人だとわかった。ホプキンは何かの鑑札を手に入れたいがために、フィオナをあてがって便宜を図ってもらうつもりのようだ。気に入らないと言ってほしい。フィオナは祈った。だが、自分が弾《はじ》かれたら、また別の令嬢が生贄《いけにえ》になる。鉄格子のついた邸に残っている娘たちも、これからどうなるのか。

こんなことがまかりとおっていいの？

王宮の、国王主催の夜会で、裏取引が堂々となされているなど、ここにいる全員が知らないのだ。

値踏みしているパミントンの左の口角が微かに動いた。

フィオナは絶望した。

これでパミントンの慰み者になると決まったのだ。

グレイグ様…。

来ないとわかっていても、フィオナは救いの呪文のように心の中でグレイグの名を繰り返す。

「君は腕も首も細いね。すぐに折れてしまいそうだ」

全身に鳥肌が立った。身体が震え出す。

「おや、どうしたのかな。震えているね。まるで小鳥のようだ。私は小鳥が好きではない。小鳥は握りしめるとすぐに死んでしまうから、つまらない」

パミントンは言葉どおり、本当につまらなさそうな顔をする。

身体に包帯を巻いた娘、光のない瞳で何かを呟いている娘、人形のように身動きせず座っている娘。

彼女たちの姿に自分の顔が重なる。

「あ…、いや…」

喘ぐように言って、フィオナはパミントンから離れようとした。

「いや…？　それは私に言ったのかい？　困ったな。躾《しつけ》ができていないようだ」

パミントンの目が怪しく光る。

いたぶることを楽しみにしているのを隠そうともしない。

グレイグ様、助けて！

目を閉じて心の中でグレイグの名を叫ぶと、

「フィオナ」

それに答えるようにグレイグの声が聞こえた。

空耳だと思った。助けてほしいと願う思いが、人々のざわめきの中から創り出したのだと思った。

グレイグ様がいるはずがないわ。夜会が好きではないんだもの。ここにいるはずがないし、酷いことを言った私に声をかけてくれるはずもない。

「フィオナ」

だが、再び聞こえた声に、フィオナは現実なのだと目を開けた。

人混みの中でから、こちらに向かってくるグレイグが見える。

うそ…。グレイグ様？

幻ではない。本物だ。フィオナはグレイグの名を呼ぼうとして、呑み込んだ。隣にアンナが寄り添うようにしている。グレイグと腕を組んでいるのだ。グレイグはアンナをエスコートしているようだ。そのすぐ後ろには、付き人のようにしてジェイドの姿も見える。

絶望から一転、救いの手が自分に向かって差し伸べられたと思ったが、それは勘違いだった。

フィオナは視線を足元に向けた。

おつき合いしているんだわ。

王宮の舞踏会に連れ立ってくるのだ。ジェイドも一緒にいる。間違いない。

唇が戦慄きそうになるのを堪える。

グレイグ様は幸せになるの。悲しいことなんてないじゃない。おめでとうって言わなきゃ。

今こそ演技が必要だ。

フィオナは三人に向かって膝を折った。

パミントンとホプキンは、フィオナが上位貴族と顔見知りだと思わなかったのだろう。それも、王国三剣の二振りが揃っているのだ。あんぐりと口を開けている。

「あら、もう新しい方ができたのね。お似合いよ」

アンナが話しかけてきて、フィオナの隣にいるパミントンを値踏みする。ジェイドは怪訝

な顔でホプキンとパミントンを見ている。グレイグもそうなのだろうと恐る恐る見れば…、

「探したのだぞ」

目が合うと、グレイグは満面の笑みを浮かべる。

辺りがざわついた。周りの人々は、信じられないものを見たという顔だ。ジェイドもアンナもあっけにとられた顔でグレイグを見ている。

「どこへ行っていたのだ」

グレイグはアンナの腕を振りほどいて、フィオナに手を差し伸べてくる。

アンナ様をエスコートしているんじゃないの？　おつき合いしているんじゃ……。

手を取っていいのか躊躇う。あんなに酷いことを言ったのに、自分には手を取る資格があるのか、と。

そんなフィオナの手を、グレイグは摑んで引っ張った。

「心配したのだぞ」

大事そうに、グレイグの腕の中に収められる。以前とまったく変わらない様子で接してくれるグレイグに、夢を見ているのではないかと思う。

広い胸に縋りつきそうになって、それをしていいのは自分ではないとグレイグの胸を押す。

「放して」

抗うも、グレイグの腕は緩まない。

隣には真っ赤な顔をしたアンナがいる。怒っているのだと思った。目に怒りが現れていたからだが、それだけではないようだ。少しほっとしているような、それでいて、羨んでいるような複雑な表情なのだ。ジェイドは鼻筋に皺《しわ》を寄せて苦笑いしている。

フィオナは混乱した。

グレイグ様の腕の中に戻ってきてもいいの？　グレイグ様は私を許してくれるの？

グレイグの背に手を回そうとした時、

「どういうことでございましょう」

パミントンが口元を歪めて言った。ホプキンはパミントンの後ろで怯えの混じった薄笑いを浮かべている。

「私のパートナーを奪おうとなさっているのでしょうか？」

グレイグに向かって堂々と抗議するパミントンは、フィオナにちらりと視線を送ってくる。フィオナが腕の中で身を竦ませると、抱きしめているグレイグの腕の力が一層強まる。

「私のパートナーとは？」

「いくら王国三剣の白鷲将軍でも、これはあまりに無礼ではないですか」

パミントンはグレイグの問いかけを無視して不満を露にしたが、すぐに、棒を飲み込んだような顔に変わった。

「私のパートナー、とは？」

グレイグは感情の起伏のない声で、同じ問いを投げる。グレイグを見上げたフィオナは、金縛りに遭ったようになった。

獣の目のように光る黒曜石はパミントンに据えられ、にやりと笑う口元には、鋭い牙の幻影まで見えたのだ。

「まさか、我が妻のことではないだろうな」

パミントンが後退り、ホプキンは腰を抜かして床に座り込んだ。

勇猛果敢な騎士。歴戦の勇者。

フィオナはその一端を垣間見《かいまみ》た気がした。

グレイグ様、私のことを妻って言った…。

「バード家の借財は利息も含め、俺が責任を持って返すと約束するが、牢《ろう》の中で金は使えんな」

グレイグが目配せすると、五、六人の貴公子が人垣の中からわらわらと出てきて、青くなっているパミントンとホプキンを取り囲んだ。何事か、と周りの人々が見守る中、貴公子たちは二人を引き立てるようにして広間から連れ出したのだが、その間、彼らは、じーっという音が聞こえてくるのではないかというほど、興味津々な眼差しでフィオナを見ていた。

何がどうなったのかわからないけれど、グレイグが助けてくれたのだ。あの恐ろしいパミントンの元に行かなくてもいいのだ。

「大事ないか？」

「はい、はい」

泣きそうになって、フィオナは必死に堪えて笑顔を見せた。

「はい、はい」

「無事でよかった」

ため息のような呟きは、いかに心を痛めていたかが表れていた。これほどまでに案じていてくれたことを心苦しく思うと同時に、喜びが溢れてくる。

摑んだ手を強く握られる。言葉などいらない。それで充分だった。もう二度と離さないという意思表示だとわかるから。フィオナも答えるようにグレイグの手を強く握りしめる。それで、自分の思いは伝わるはずだ。

「帰ろう」

「はい。あっ、グレイグ様。ホプキン子爵の邸に囚われている娘たちがいるのです」

フィオナは鉄格子の窓の邸の娘たちが気になっていた。彼女たちを救ってほしい。

「あの邸にはすでに憲兵が入っている。娘たちはもう助け出され、治療院で保護されているはずだ」

「ああ…、よかった」

フィオナは大きく息をつくと、グレイグに寄り添った。

彼女たちは鉄格子の窓から出られたのだ。治療が済んでも、元の暮らしに戻れるのかはわからないけれど、それでも新たな未来が広がるのだ。

グレイグに手を引かれて歩き出すと、人混みが左右に分かれて道ができる。恥ずかしくて俯きがちに歩いていると、思いもかけない人物が声をかけてきた。

「グレイグがおるではないか。余の言いつけを守ったようだな」

ぞろぞろと多くの貴族を引きつれてこちらにやってくるのは…。

こっ、国王陛下？

下級貴族は国王と顔を合わせる機会はほぼないに等しい。街中には肖像画が出回っているので、フィオナもなんとなく顔は知っているものの、実物と肖像画では若干ずれがあるものなのだ。

凛々しい肖像画と比べて、実際の国王は柔和な顔だった。だが、優しそうに見えても相手は国王だ。フィオナの頰は紅潮し、緊張で手の指先が冷たくなる。

その手を、グレイグが強く握った。大丈夫だ、俺がいる、と伝わってくる。

「陛下、我が妻です」

グレイグに我が妻と紹介されたフィオナは、動揺しながらも優雅に膝を折った。

「フィオナでございます」

緊張の極致だったが、グレイグと手を繫いでいたおかげで、国王の質問にもおどおどせずに受け答えすることができた。

これまでで一番いい演技ができたと思った。

邸の扉の前に、デボンやドーラや他の使用人たちが、手にランプを持って整列している。皆、首を長くして待っていたようだ。

国王に挨拶して早々に帰るつもりだったが、予定が狂った。ちょうど曲が始まって皆が踊り出すと、フィオナが羨ましそうな顔をしたからだ。

グレイグはダンスに興味はない。踊りたいと思ったことがなかったし、そもそも母以外にパートナーになってくれる女性がいないので、踊る機会もほとんどなかった。

踊れないわけではない。披露したことはないが、これでも結構上手なのだ。というのも、母を相手に嫌というほど練習したからだ。

剣は父が、ダンスは母が教えてくれた。二人とも厳しい師匠だった。特に母は、普段の母からは考えられないほど厳しかった。母ではない人が母のふりをしているのではないか、と思ったくらいだ。何度も足を踏んで、母の靴を台無しにしてしまったが、練習のかいがあって、父よりも上手いとお墨付きを貰った。

それを傍で聞いていた父が、対抗心を剥き出しにしてダンスの練習を始めたのには内心呆れたけれど…。

踊りたいのかとフィオナに問えば、いいのですか、と瞳を輝かせる。そんな顔をされたら、頷くしかない。

手を差し出すと、白魚の手が重なる。

ホプキンが用意したドレスを身に着けているのは腹立たしいが、ウォード家ではフィオナのドレスを作っていない。作っていたとしても、着替える時間がないので、今日はこれで我慢するしかない。

次の機会には、フィオナのために仕立てられたドレスで出かければいい。フィオナが行きたいというのなら、グレイグはいつでも、どこにでも、出かける用意がある。

一曲踊る間、グレイグはフィオナの髪に幾度も口づけた。だからだろうか、フィオナは一曲だけで満足したようで、二人は踊り終わった足で会場を出た。

人々の注目を浴びたフィオナは恥ずかしがった。本当は、高く持ち上げ、くるくると振りまわしたいくらいだった。美しく愛らしいフィオナは自分のものだと、会場にいる人間に知らしめしたかったのだが、デボンに知れると小言が来るから我慢した。

邸前で出迎えた使用人たちは笑顔だった。皆フィオナの帰りを心待ちにしていたのだ。本来、使用人は主の前で笑顔を見せるものではないらしいが、グレイグは頓着しない。

グレイグが馬からフィオナを助け下ろすと、デボンが一歩前に進み出た。

「フィオナ様、お帰りなさいませ」

主に対して言うのが先ではないか、などとつまらないことで文句を言うつもりはない。グレイグ本人が待ち望んでいたのだ。

デボンの後に、使用人たちが一斉に『お帰りなさいませ』と声を揃える。

フィオナは立ちつくしたまま動こうとしなかった。

背中にそっと手を置くと、フィオナの身体が小さく震えていた。身をかがめてフィオナの顔を覗き込むと、風に悪戯《いたずら》されるビオラの花びらのように唇は戦慄いている。

「ただいま戻り…まし、…ふっ…、ぅ…っ…」

泣き出したフィオナに、グレイグはぎょっとした。

「どうした?」

聞いても、ぽろぽろと涙を零してしゃくり上げているだけだ。

国王に妻だと紹介すると、フィオナは緊張しながらも笑みを浮かべ、優雅に挨拶してくれたのだ。受け答えも立派だったし、妻だと紹介したことを喜んでくれたと思っていたが、内心では嫌がっていたのか?

「フィオナ」

声をかけても返事はなく、フィオナは頭を振る。

もしや身体の具合が悪いのか?

思い当たるのは、馬に相乗りして帰ってきたこと。

レディを馬に乗せて猛スピードで走るなど、紳士のすることではない、というデボンの言いつけを、爪の先ほども守らなかった。

それは、一刻も早く連れて帰りたかったのだ。二度と怖い思いをさせないように、誰にも触れさせないように。

「医者を、すぐに医者を！」

「グレイグ様、落ち着いてください。フィオナ様は嬉しくて泣いていらっしゃるのですよ」

「嬉し泣き？　そうなのか？」

フィオナは落ち着いてきたのか、涙に塗《まみ》れた顔ではにかんだ笑顔を見せる。

「ごめんなさい。嬉しくて…」

「フィオナ様のお帰りを、一同、お待ち申し上げておりました」

デボンの言葉に、再びフィオナがぶわっと涙を溢れさせたところへ、ドルフが飛びついてくる。

「きゃっ！」

ドルフがフィオナに体当たりし、フィオナはドルフを支えるようにしてグレイグにぶつかり、不意打ちを食らったグレイグは、情けないことにフィオナを抱えたまま尻餅をついた。

「ドルフ、擽ったいわ」

激しく尻尾を振りながら、鼻面をフィオナの顔に押しつけている。

「まぁっ、ドルフったら。うふふふ…」

フィオナの今日一番の笑顔を見たグレイグは、ドルフめ、と嫉妬の炎を燃やしたが、フィオナのドレスの上で足ぶみしていることに関しては、後で誉めてやろうと思った。

だが、いつまでもフィオナに纏わりついているのは許されないぞ。

ぐいっと鼻を押すと、ドルフはおとなしく座る。今日は珍しく聞きわけがいい。グレイグはフィオナを抱えてすっくと立ち上がる。

「グレイグ様、歩けます」

「ダメだ」

皆が見ていて恥ずかしい、と染めた頬を手で押さえるしぐさも愛らしい。

デボンが扉を開ける。

フィオナを抱いて邸に入るのはこれで二度目だ。一度目は腕の中からすり抜けていってしまった。

二度と離さない。

フィオナを抱いていることに胸が熱くなる。だが、グレイグの中でわだかまっていることがあった。

自分の気持ちばかり押しつけているのではないか、ということだ。求婚の返事も貰っていない。重大なのは、自分の出自を未《いま》だ話していないことだ。それに、フィオナはバード男爵家の跡取りでもある。

「フィオナ様、お召し替えをなさってください」

フィオナを下ろすと、ドーラと侍女がフィオナを連れていく。

「グレイグ様、バード男爵家に使者を出しませんと」

「すでに出した」

部下たちは期待した以上によい仕事をしてくれた。その日の夜には仲介人を探し当てて尋問し、フィオナの居場所を摑んできたのだ。すぐにでも踏み込もうとしたグレイグを、部下が止めた。持ち主のホプキン子爵の動きが怪しいと、別に捜査を始めていたのだ。

商人でもあるホプキンは、近年、他国からの珍しい品物を多く扱うようになった。鑑札を手に入れて、王宮や後宮にも出入りするようになった。だが、鑑札を渡す商人には厳しい審査がある。ホプキンのような成り上がりは易々《やすやす》とは手にできないし、他国の品物も簡単には買いつけられないのだ。

誰かが口添えし、誰かが鑑札を発行した。

フィオナ失踪はとんでもない方向へと動き出した。

ホプキンと接した怪しいと思われる数人に目星をつけたが、金の動きがはっきりしなかったため、王都の憲兵と連携してさらに探り、ホプキンと繫がりのある役人の家から、一年の間に下働きの娘が亡くなったと二度も届け出があったことを摑んだ。他の役人も調べを進めると、ホプキンから貸し出しという形で若い娘が提供されていることを摑んだのだ。

国王のお膝元で、それも、舞踏会で堂々と犯罪が行なわれていたとは、と憲兵長は頭を抱えていた。地位のある役人や国王親衛隊の中にいる者が加担していたのだから驚きだ。

あのパミントンは、わかっているだけで二人の娘を殺害していた。調べが進めばもっと多くの被害者が出てくるかもしれない。明日、憲兵長から国王へ報告が上がるはずだ。

フィオナが無事でよかった。

部下たちには改めて礼を言わねばならない。グレイグも部下たちも、ここ三日間不眠不休だった。しかし、やりきれない思いが残る。鉄格子の邸にいた娘の中には、心が壊れてしまった者もいたのだ。

人生には何があるかわからない。昨日まで笑っていた家族が、次の日にはいなくなってしまった。だから、今日が大事なのだと思う。明日ではもう遅くなってしまう。また今度なんて、来ないかもしれない。

新芽のような色の普段着に着替えたフィオナが居間に戻ってきた。濃い化粧を落として、妖精のように髪を下ろしている。

「話がある」

グレイグはフィオナの手を取った。

「ここが、グレイグ様のお部屋」

話があると連れてこられたのは、グレイグの部屋だった。ウォード邸に数日滞在して邸内はあちこち案内してもらったが、グレイグの部屋に入ることはなかったのだ。

重厚な机が置かれている。書類が積み上がり、寛ぐ、というよりは仕事の部屋といった雰囲気だ。壁には剣置きが設《しつら》えてあり、大剣がかけられている。グレイグがいつも腰に下げている剣よりも大きくて立派だ。

菓子と茶が乗ったワゴンを運んできたドーラは、カップに茶を注ぐとすぐに出ていった。

ひとり掛けの椅子に座るように言われ、フィオナが腰を下ろすと、クレイグはオットマンを動かして向かい合わせに座った。もう一度求婚してくれるのではないかとドキドキする。

グレイグは菓子に手をつけず、茶を啜ってから口を開いた。

「俺は、隣国の最下層民だ」

思いもかけない話にフィオナは驚いた。そして、ライゲンに助けられて養子になった経緯を聞き、涙した。

「ごめんなさい。泣いてしまって」

「俺は貴族の出ではないから…」

フィオナは思わずグレイグの手を摑んだ。求婚をなかったことにしてほしいと言われると思って、止めたかったのだ。

「関係ありません。お話を聞いてびっくりしましたけど、グレイグ様はグレイグ様です」

グレイグが安堵した表情を浮かべる。王宮で笑顔を見せてから表情が豊かになった気がする。

「俺は、口が重い。戦場では端的に話すのが常で…」

元々口数が少ないうえに、周りに舌がよく回る人が多くて、どんどんしゃべらなくなってしまったようだ。

「何を考えているのか、わからないと言われる」

「お顔を見ていれば、よくわかりますけど」

グレイグの片眉が上がったので、フィオナは笑った。

「そうなのか？　と思われたでしょ？」

「うむ。そなたは最初に会った日から、そうだった」

フィオナはエルドラの表情を読むようになったことを話した。

「実母ではなかったとバード家の執事から聞いた。辛かったな」

「なんだかいろんなことがありすぎて」

「だが、これでバード男爵家も元に戻る」

男爵家のことを考えなければならないが、フィオナはもう決めていた。自分がどうしたいのかを。

「借金は俺が責任を持つ。負担に思わなくてもいい」

「バード家に帰れと」

「そうではないが、俺は自分の気持ちをそなたに押しつけた」

強引に連れてこられたこと、初めてを奪われたことをフィオナは責めた。あれは本心ではなかった。グレイグを遠ざけたかったからだ。けれど…。

グレイグ様は気にしているのね。

そして、フィオナがバード家を継ぐ身であることや、自分の出自のことも。

言わなきゃ。私からグレイグ様に。頑張れ、私。それで断られたら…。

その時こそ、泣いて諦めよう。

「グレイグ様、私もお話があります。いいえ、お願いでしょうか」

真剣な面持ちで向き合うと、グレイグは無表情になった。不安を隠しているようだ。

「私をあなたの妻にしてください」

「……」

是も否もなく、グレイグは無表情のままだ。

「あの…、グレイグ様…」

「そなたに先に言われてしまうとは…」

なんてことだ、と肩を落とす。あまりの落ち込みように、大丈夫ですか？　顔を覗き込むと、眉尻が下がっている。

「俺でいいのか？」

勇猛果敢な白鷲将軍が、遠慮気味に聞いてくる。

「私でいいですか？」

問い返すとグレイグが瞬きする。驚いたようだ。

「私が差し上げられるのは、あなたへの愛と、この身体だけです」

「それは俺も同じだ。俺にとってそなたは最高の褒美だ。初めて会った時からそなたに恋している」

「私も、初めて会った時から、グレイグ様に魅かれていました」

グレイグはオットマンから滑り落ちるようにして、床に膝をつく。

「結婚してほしい。俺の妻になってくれ」

求婚してくれた。嬉しい。嬉しいよぉ。

足をバタバタさせたくなってしまう。けれど…。

「グレイグ様、私のお願いはどうなったのでしょう？」

　フィオナがちょっぴり唇を尖らせると、グレイグはきょとんとして、破顔した。眩しい笑顔だ。小窓から降り注ぐモザイクの光よりも、明るく輝いている。フィオナも釣られるように微笑む。

　互いに返事などいらなかった。繋ぎ合った手から、思いが伝わるから。

　抱き上げようとするグレイグを制し、フィオナはグレイグと手を繋いで続き部屋のベッドまで歩いた。自らグレイグのものになるという意思を示したかったのだ。


　ベッドの上に座って胸元のボタンをはずそうとしたけれど、手が震えて上手くいかない。思った以上に緊張している。

「無理をしなくてもいい」

　グレイグが手を押さえた。怖がっていると思ったようだ。

「嬉しくて、ドキドキしています」

　素直に思いを告げる。

「俺もだ」

　固く抱き合うと、幸せで胸がいっぱいになる。グレイグの匂いを吸い込み、フィオナはうっとりとした。どうしてなのだろう。グレイグの匂いはフィオナの官能を揺さぶる。

「愛しています」

「ああ、俺も愛している」

本当の妻になるのだという喜びに、泣いてしまいそうだ。

互いの服を一枚ずつ脱がし合って、徐々に生まれたままの姿になっていく。

「きれいだ」

欲情の浮かんだ黒曜石の瞬きに、フィオナの身体が震える。

すでに一度身体を繋いでいるので、すべてを見られているのだけれど、互いの心が繋がった今、改めて、グレイグにすべてを見て、すべてを知ってほしかった。

裸になるだけでも恥ずかしいのに、胡坐《あぐら》をかいたグレイグの上に向かい合いようにして座らされる。脚を広げてグレイグの身体を太腿で挟むので、互いの叢が触れ合う。

グレイグの分身はまだ鎌首をもたげていないが、フィオナの秘めたる場所に熱を伝えてくる。

「グレイグ様、降ろしてください。恥ずかしい」

何が？　という顔をするのが癪だ。唇を尖らせると、嬉しそうに目を細めたグレイグに、ちゅっと啄まれる。

「そなたはかわいい。俺は幸せ者だ」

いいえ、グレイグ様。それは私の方。

広い胸も筋肉のついた腕も、これから灼熱《しゃくねつ》へと変わっていく分身も、グレイグのすべてが愛おしい。

「愛しています、グレイグ様」

「うん。だが…」

次の言葉をフィオナは待つ。

「様はいらない。ベッドでは」

こんな時に言わなくてもいいのに。

「あ、…ぐ…」

促すように、グレイグが指で唇をなぞる。

「……グレイグ」

黒曜石の瞳が嬉しそうに煌めく。

面映ゆくて、緩んだグレイグの唇に、フィオナは自分から口づける。互いに啄み合い、フィオナがグレイグの首に腕を絡めれば、口づけが深くなっていく。

手櫛《てぐし》で髪を梳《す》かれ、背筋がぞくぞくしてくる。グレイグの掌が背中を滑り落ちて、尻の丸みを楽しむように撫でられる。臀部《でんぶ》を揉まれ、フィオナは叢を擦りつけるように腰を揺らしてしまう。

「やだっ、私…」

無意識に淫らな動きをしてしまったフィオナは、唇を離してグレイグの肩口に顔を埋めると、グレイグは腰を突き上げてほんのり昂り始めた分身で秘部をノックする。

「あっ、やんっ」

卑猥な音がした。すでに愛の滴りが満ちてきているのだ。

「なんて嫌らしい身体だ」

「あ…、ちがっ！」

淫乱だと思われた。

頭を振ると、両手で顔を包み込まれて、真っ直ぐに見つめられる。

「俺を待っているのだろう？」

「グレイグさ…、グレイグが好き。大好きです」

乳房がつぶれるほどに抱きしめられ、苦しいのにほっとする。とても安心するのだ。それは、きっと、グレイグに守られていると感じるからだろう。

「壊してしまうかもしれない」

「私は丈夫です」

初めての時の痛みは忘れていない。身体が引き裂かれてしまうと思うほどの痛みだった。けれど、それ以上に、とろけてしまいそうな快感を覚えている。

グレイグがゆっくりと上体を倒してくる。フィオナはベッドに横たえられ、グレイグがのしかかってくる。

優しく肌を撫でるかさついた掌の感触が心地よい。そして、柔らかな唇が、フィオナの官能を高めていく。

初めての時につけられた肌の朱痕は、もう消えてしまっている。もう一度つけてほしい。グレイグのものだという証に。

肌に触れられただけなのに、乳房が張り詰めて乳首が尖ってくる。まるで愛撫をねだっているようで恥ずかしい。指で乳首を摘まれると、身体が仰け反ってしまう。指先で押しつぶされて、快感が広がる。

「あっ……あ、ぁぁ……」

声を堪えることはしない。感じていることをわかってほしい。

「ここか？」

「んっ、ぅふぅ」

尖りに唇が触れて強く吸うグレイグが、舌で転がすように愛撫を始める。右も左も同じようにいじられていると、下肢に熱が溜まっていく。

「菓子の飾りだ」

乳首が赤く色づいている。指で紙縒《かみよ》りを作るように赤い飾りをいじられると、むずむずとした疼きがフィオナを虐《いじ》める。ねだるように胸を突き出すと、もっと欲しいのか、と聞かれた。

「もっと、して」

素直に言った。

「望みのままに」

自分の身体なのに、グレイグの意のままになってしまうのが、悔しいけれど嬉しい。

胸の尖りをいじられ続け、下腹がきゅっとなって、たっぷり潤ったあの場所に、さらに蜜が溜まる。

まだ触れられていないのに、秘部は怪しい生き物のようにぴくぴく動き出し、奥からどんどん溢れてきて、今にも蜜が零れそうだ。

やだやだ、どうして！

太腿をすり合わせて、流れ落ちないようにしたけれど、小さな刺激に身体が跳ねて、蜜がシーツへと染みていった。

「いいのか？」

「いっ、いいっ、あぁ…っ！」

執拗にいじられると、息苦しくなってくる。でも、もっと、もっとと求めてしまう。

胸にあるグレイグの頭を大事に抱きしめ、髪を梳くように指を潜らせる。少し硬い張りのある黒髪に、こんなふうにして触れるのは初めてだ。

口づけながらグレイグの頭が下肢へと降りていく。

あっ、つむじが右巻き。

これも新たな発見だ。官能にどっぷり浸っているのに、変なところに目が行ってしまう。

ひとつずつ、グレイグを知っていきたい。

髪をいじっていたからか、グレイグがフィオナの叢に触れて、同じように梳きすかす。擽ったくって身を捩れば、今度は足首を摑まれた。

「ひゃっ!」

足の指をしゃぶられる。

「やっ、やめて!」

前回、手の指の間を舐められたが、足の指の間の方がより擽ったくって感じてしまう。足をバタつかせようとしても、足首を摑まれていてまったく抵抗にならない。足の裏をぺろんと舐められると、声を上げて笑ってしまった。

「グレイグ!」

「フィオナのすべてを味わいたい」

「そんなところはいいです」

「権限は俺にある」

確かに身体を捧げたけれど、足じゃなくても…。

「足も、だ。俺も、わかるのだぞ」

フィオナが、うつ、と詰まると、グレイグは笑った。

権限なら自分にもある。グレイグの身体は自分のものなのだ。

グレイグをあっと言わせたかった。感情の揺れで、新たな表情が見られるから、やってみたいことがある。

夜会の客が、気持ちいい、って言っていたのを聞いたし、グレイグ様にも気持ちよくなってほしい。でも、いきなりやって、淫らな娘だって思われたら…。

躊躇する。

でも、愛し合いたいの。愛されるだけじゃなくて、私だって。

ええいっ！ と心の中でかけ声をかけて身体を起こすと、それに飛びついた。グレイグの分身だ。

「なに…を、う、く…っ」

すでに昂っているそれを両手で握る。

「フィ、フィオナ！」

できるかしら。できるわ。愛してるの。

両手で握って口に含むが、大きくて少ししか中に入らない。それでも、フィオナは唇と舌を使って愛撫する。

「よ…せ…」

昂ぶりを摑んだまま顔を上げる。

「これも私のです」

引き離そうとしたグレイグだったが、フィオナが分身を手で扱き、舌で舐めると、呻いて力が抜ける。気をよくしたフィオナはさらに愛撫を続けると、大きいと思った昂ぶりが、さらに育つ。

下品な話ばかりと夜会を嫌っていたけれど、ためになることがひとつはあったようだ。

「フィオナ、頼む、降参だ」

かすれた声でグレイグが言うから、昂ぶりから手を離すと、すかさずグレイグが反撃してきた。

「きゃっ！」

フィオナの膝裏を摑んで左右に広げ、蜜壺を露にしたのだ。

「どこで覚えた？」

「どこでって、あ…ぅ…んんん…」

花弁をいじり、すくい取った蜜を花弁に塗り込める。

「言えないのか？」

「夜会、で…くっ！」

つぷっと蜜壺に指が入れられる。

「誰かにしたのか？」

「そんなっ、し、てな…ひぃぃ…」

肉筒を指先で削られて、びくっと身体が跳ねる。

「はぅ……ぅ、っふぅ…、んっ、やっ！　ごめ、な、さい」

「どうして謝る」

グレイグは激しく指を出し入れて、フィオナを苦しめる。指が増やされて、ばらばらに動き出すと、フィオナは嬌声を上げ続ける。

「おこ、てる」

激しい快感を与えられて、身体は反応しているのに、心はちっとも湧き立たない。

「怒っていない」

「私ばっかり、いや、な、の」

フィオナの眦から涙が零れると、グレイグの指が止まった。

「聞いた、の。夜会で。どこかの貴婦人が話しているのを。だから、グレイグにも気持ちよくなってほし…い」

自分だけではなくて、お互いに愛し合いたいのだと訴える。

「すまない。俺はそなたが…」

誰かとこういう行為をしたのかと、怒りに我を忘れてしまったのだと言った。

「していません！」

「うん。わかりきったことなのに、な」

「グレイグに悦《よろこ》んでほしかった。でも、もうしません」

グレイグを悲しませたり怒らせたりしたくない。

「それは…」

「それは？」

「してくれても…」

俯きがちにグレイグが言う。

「本当に？」

「ああ」

フィオナは顔を輝かせる。

「じゃあ、もっとします」

身を起そうとしたフィオナを、待て、とグレイグが押しとどめる。

「それは、また、今度」

「今度？」

「傍にいるのだ」

「ええ、ずっと一緒に」

「だから今日は…」

再び秘めたる場所への愛撫が始まった。

「あ、…あぁ……ひぃっ」

巧みな指の動きに蜜が溢れ、肉筒が呼応する。出ていこうとする指に、痙攣《けいれん》するように絡みつく。

グレイグの指が奏でる淫猥な音。汗と蜜とグレイグの匂い。肌への刺激。五感すべてが翻弄されて、フィオナは息も絶え絶えになって身を捩った。

「ひとつになりたい」

グレイグの昂ぶりも蜜を滲ませている。

「辛い思いをさせるかもしれん」

常に、こうして気遣ってくださる。

「いいのっ、好き、大好き！」

手を伸ばしてグレイグの頬に触れると、目が細められる。

「愛している、フィオナ」

甘い囁きだけで泣いてしまいそうだ。

「来て、来てください。私の中に」

グレイグの昂ぶりがあてがわれ、フィオナの身体を引き裂く。

「……っぅ！」

最奥に届くまでには、やはり時間がかかったけれど、身体の中に息づくグレイグがいる。

二人は見つめ合い、互いを感じ合う。

「グレイグ、あなたがいる」

「そなたが俺を包み込んでいる」

グレイグがゆっくりと動き出す。それはやはり、言葉では言い表せない痛みを伴ったけれど、フィオナはすでに知っている。

悦楽への序章なのだと。

「あああぁ…」

グレイグの白濁を注がれて、さらにまた愛され、グレイグの腰の動きに合わせてフィオナは腰を揺らめかす。

ぼうとした頭の中には、グレイグの姿だけが浮かんでいる。聞こえてくるのは互いの激しい息遣いだけ。

グレイグが動くたび、フィオナの秘部がグレイグを逃すまいと引き止める。身体が勝手に、びくびくと痙攣するように蠢き続けている。

互いの蜜が混ざり合うように、ふたりの身体がどろどろに溶け合っていくようだ。

共に手を繋いで、高みを登っていく。

翻弄された五感すべてで、愛する人を感じている。

ああ、またキラキラのモザイクが降ってくる。

フィオナは光の中で微笑みを浮かべた。


ホプキン子爵の事件は公にはならず、秘密裏に処理された。

というのも、王宮内に影響力のある者が多数関わっていて、人々に知られれば蜂の巣を突《つっ》いたような大騒ぎになるからだ。

病気で仕事を抜ける者が多発したという理由づけをして、王宮内では急な人事が発表され、王宮内ではまことしやかに噂が広がった。人の口に戸は立てられないのだ。

ホプキンの他にも、このようなことをしている者がいないか、さらに調べを進めると憲兵長は約束した。彼も鉄格子の邸に監禁されていた娘たちを見たからだろう。

彼女たちは無事に解放され、王宮内の医療所で治療を受けている。身体がすっかり治っても、心はじっくり時間をかけなければならないが、まずは第一歩だ。

グレイグはフィオナを連れて王宮へ行き、改めて国王に会い、フィオナが嫁ぐ許可を貰った。

バード男爵家は国王預かりとなり、バード家の使用人たちはライゲン家で働くことになった。グレイグの弟がひとり立ちするのだ。

「そろそろ出仕してもいいのだぞ、グレイグ」

「考えます」

「おい、どういう意味だ」

「陛下、私たちは準備がございますので、お暇《いとま》いたします」

「まて、グレイグ！　白鷺将軍としての務めはどうした」

フィオナとの結婚を決めても、グレイグは王宮へは出仕していない。いろいろ忙しいのは事実で、なまけ癖がつかないよう、兵舎で訓練はしているけれど、国王の顔を見たのは久しぶりなのだ。

ジェイドに会いたくないというのもある。

ま、ヤツはヤツで今は大変なようだが…。

赤い令嬢と結婚話が進んでいるようで、それから逃げまわっているらしいのだ。一度避難場所にとウォード邸に来たが、グレイグは追い返した。優しいフィオナは匿《かくま》って差し上げたらと言ったが、まだ許すつもりはない。

「出仕しなくてもいいのですか？」

「兵士は暇な方がいいのだ」

「お許しがいただけてよかったです」

「うむ」

「何か気にかかることでも」

グレイグは爵位返上を考えていたことがあると話した。

「フィオナと二人でぶらりと旅に出たいな、と」

「まぁ、すてき」

フィオナは両手を組んで飛び上がった。

「行きたいのか？」

「はい」

「爵位も何もなくなってしまうのだぞ」

「だって、グレイグ様と二人で行くんですよ」

それは、俺がいれば他には何もいらないということか？

父が言っていた相手を、とうとう見つけたのだ。

目頭が熱くなる。だが、フィオナにそんな顔は見られたくない。グレイグはフィオナを抱きしめる。

「いつか行きましょうね」

「ああ」

「絶対ですよ」

「うむ」

「楽しみですね」

満面の笑みを浮かべて見上げてくるフィオナに、グレイグは口づけた。

アンナ様はやっぱりアンナ様

Honey Novel

「おう、グレイグ。おじゃまするよ、フィオナ嬢」

「ジェイド様、ようこそ」

デボンに案内されてやってくるなり、ジェイドは大皿から二口サイズの梨のパイを摘《つ》まんで、ぽいっと口に放り込み、美味《うま》いな、と咀嚼《そしゃく》すると、もうひとつあったのも食べてしまう。

「もうないの？　もっとたくさん作るように言ってくれよ」

フィオナはもうすぐ正式にグレイグの妻となるのだが、グレイグに救出された日からずっとウォード邸で暮らしている。バード男爵家が国王預かりとなったのもあるし、グレイグがフィオナを傍《そば》に置きたがったからだ。

欅《けやき》の木の下のベンチでお茶を楽しむのが、二人の午後の日課になっていた。結婚式が済むまでグレイグは出仕する気がないらしく、国王からも許可をもぎ取ったから、まだしばらくはこの日課が続くだろう。

台所頭は味と見た目に工夫を凝らした菓子を毎日作ってくれる。大皿には二個ずつ、数種の菓子が並ぶのだ。おいしいお茶と菓子を食べ、のどかな日差しの中で、おしゃべりしたり、口づけを交わしたりする。そのまま、愛の営みに発展してしまうことも…。

今日は残念ながら小雨が降っていて、居間でティータイムを始めようとしていたところにジェイドがやってきたのだ。

「帰れ！」

「なんだよ。まだ怒っているのか？　フィオナ嬢は許してくれたぞ」

以前、フィオナはジェイドに酷《ひど》い言葉で傷つけられた。彼なりにグレイグを心配してのことだったし、バード家の夜会で詐欺が行なわれていたのは事実だったから、仕方がないと思っている。

フィオナを訴える詐欺被害者がいなかったことや、役人を巻き込んだホプキン事件がフィオナ失踪から解決したことで、お咎《とが》めなしと国王の判断が下されてすぐ、ジェイドは正装で謝罪に来てくれた。婚約の祝福もしてくれたから、フィオナに遺恨はないのだが、未《いま》だグレイグの腹の虫は収まっていないのだ。

でも、今怒っているのは、新作の梨のパイを食べちゃったからだと思うの。

「もしかして、菓子を食ったから怒ったのか？　まだあるじゃないか」

菓子ぐらいで、とジェイドはソファーに座って肩を竦《すく》めるから、グレイグは渋い顔で舌打ちした。

「用もないのに来るな」

フィオナがウォード邸で暮らし始めてから、ジェイドは何度か顔を出している。グレイグは二人の時間を邪魔されることが我慢ならないようだ。

「いや、用がないわけじゃないんだ。ちょっとマズイことになって、だな…」

言葉選びが流暢《りゅうちょう》なジェイドにしては歯切れが悪い。

「あのさ、しばらくここに置いてくれないかな」

「却下！」

「瞬殺かよ。おい、頼むよ、グレイグ。一生のお願いだ」

「ダメだ」

ジェイドは両手を合わせて頭を下げるが、こうなったらグレイグはテコでも動かない。菓子の恨みは深いのだ。けれど、話くらいは聞いてもいいと思っているようなので、お困りごとがあるのですか？　とグレイグの代わりにフィオナが救いの手を差し伸べた。

「おうっ、そうなんだよ、フィオナ嬢。実は…」

ジェイドが言いかけると、玄関先で言い争う声が聞こえてきた。

「いらっしゃるのはわかっているのよ！」

甲高い声が響いてくる。

あの声は…。

「嘘《うそ》だろ…」

ジェイドが右手で顔を覆った。

「主《あるじ》に話して参りますのでお待ちください」

「待っていられないわ」

デボンが必死に押しとどめているようだが、声の主は強引に入ってきたようだ。次第に近づいてくる声に、ジェイドがそわそわしだす。

「アンナ様では」

フィオナがグレイグに耳打ちすると、バサバサと衣擦《きぬず》れの音をさせてアンナが姿を現した。

「やっぱり、ここでしたのね」

コバルトブルーのドレス姿のアンナは、ジェイドを見つけると顔を輝かせた。

「申し訳ございません。お止めしたのですが」

その後ろから、恐縮した表情でデボンがやってくる。

「アンナ嬢、他人の邸《やしき》に押し入るなんて、伯爵令嬢のすることですか」

ジェイドはいつもの軽い様子とは打って変わって、厳しい調子で言った。グレイグは瞑目《めいもく》したままで、アンナを見ようともしない。アンナは苦手だが、フィオナは声をかけた。

「ようこそ、アンナ様」

フィオナが笑顔を向けると、アンナは気まずい顔になって会釈した。

「ジェイド様に会いに来られたのですか？」

「不躾《ぶしつけ》は謝るわ。でも、時間がないとおっしゃって、私と会ってくださらないから」

「忙しいんだって言っただろう」

「こちらにはお出《い》でになっているではありませんか。これからのことを相談したいのに」

「これからのこと？」

フィオナが問うと、結婚の話が進んでいるのだとアンナは言った。

「まぁ、おめでとうございます」

「まだ決まっていないんだ、フィオナ嬢」

ジェイドが慌てる。

「でも、お二人はとってもお似合いですよ」

フィオナが言うと、アンナは当然だと言わんばかりの顔になる。

「やっぱり私たちは結ばれる運命なのです」

「いや、俺は違うと思うんだが……」

「私に見合いを勧めたのも、私のジェイド様への愛を試されたのでしょう？」

「いや、そんなつもりはない。君もグレイグとの見合いに乗り気だったじゃないか」

「友達思いのジェイド様に喜んでほしかっただけです。まさか、私のあなたへの愛を疑っていらっしゃるの？」

「疑うも何も……」

「ですよね。ご心配には及びません。あなたへの愛は永遠に変わりませんから」

どう見てもジェイドは逃げ腰だ。

「父が、明日にでも両家で陛下に結婚の許可を貰いに行くと言っています」

「なんだって！　俺は聞いていないぞ！」

目を剝《む》いてジェイドが立ち上がった。すでに外堀は埋まっているようだ。

「だから、その話をしようと思っていたのに、ジェイド様がお出でにならないから」

ジェイドは今にも髪を掻《か》き毟《むし》りそうな様子だ。

「さあ、帰りましょう、ジェイド様」

「俺は…、グレイグと話があってだな…」

「ない。茶番が済んだのなら、帰れ」

うんざりした様子でグレイグが吐き捨てると、ジェイドは泣きそうな顔になった。

フィオナはずっと疑問に思っていたことを聞こうと思った。

「アンナ様」

「なに？」

「ハニーガーデンで、どうしてご自分が薔薇《ばら》の庭だとおっしゃったの？」

自分は聞き間違えていなかったし、表口門から入ったアンナは案内人に説明を受けたはずなのだ。それなのに、どうしてあんなにもはっきりと言ったのだろう。

「そんなこと？　だって、私がビオラの庭だなんてありえないもの」

アンナは言い切ると、ジェイドと強引に腕を組んで、ごきげんよう、と帰っていった。

アンナ様ってすごい。あの自信はどこから来るのかしら。いっそすがすがしいわ。

「やれやれだ」

グレイグは疲れたように首を回した。

「これでジェイドに邪魔されない。梨のパイを食べた報いだ」

「まぁっ、グレイグ様ったら。でも、ジェイド様は大丈夫でしょうか」

心配する言葉を呟くと、グレイグの眉が上がる。未だ気にしているのだ。ジェイドを好きだと言ったことを。

「私のグレイグ様への愛も永遠に変わりません」

アンナの言葉を借りて言うと、グレイグが微笑《ほほえ》んで口づけてくる。ドーラが新しいお茶を運んできて、そっと離れていった。

ちゅっと啄《ついば》んで、グレイグが名残《なごり》惜しそうにフィオナの唇を解放する。

「グレイグ様、梨のパイはまた明日作ってもらいましょう。これもおいしそうですよ」

フィオナは菓子をひとつ手に取って、グレイグの口元へと運ぶと、グレイグは嬉《うれ》しそうに齧《かじ》りついた。

あとがき

こんにちは。真下咲良です。

『どん底令嬢の取り違えお見合い騒動、からの結婚♡』を手に取ってくださって、ありがとうございます。

今回は、ヒロインとヒーローのお見合いから始まりました。互いが見合い相手を知らないまま見合い場所に出向いてしまったのと、予定していた相手ではなかったことから騒動が起こるお話です。

結婚相手を見つける方法として仲人お見合いがありますが、相談所に登録したり、街コン合コンお見合いパーティーへ参加したり、最近ではなんと、婚活のアプリまであるとのことで、相手探しも進化しているようです。

出会いのきっかけは増えていますが、実を結ぶとは限らないわけで…。

人と人が出会って結ばれ、幸せだったなぁ、としみじみ思える一生を過ごすためには、二人の努力と、何かちょっとした不思議なパワーが必要なのかもしれません。

さて、

KRN先生、かっこいいヒーローと愛らしいヒロインを、ありがとうございました。光溢れるカラーイラストが本当に美しくて、モニターに見入ってしまいました。ドルフとクリス、白黒ツインズまで出していただき、感激です。

担当様、今回も大変お世話になりました。いつも、いつも、すみません。この本に携わってくださったすべての方々にも、お礼申し上げます。

寡黙なヒーローは口が重すぎて大変でしたが、ヒロインが頑張ってくれました。真下の過去最高に長いタイトルとなったお話、いかがだったでしょうか。感想などいただけると嬉しいです。

読者様とまたお会いできることを祈って。

真下咲良

本作品は書き下ろしです

真下咲良先生、KRN 先生へのお便り、
本作品に関するご意見、ご感想などは
〒101-8405
東京都千代田区神田三崎町2-18-11
二見書房　ハニー文庫
「どん底令嬢の取り違えお見合い騒動、からの結婚♡」係まで。

Honey Novel

どん底令嬢《ぞこれいじょう》の取《と》り違《ちが》えお見《み》合《あ》い騒動《そうどう》、からの結婚《けっこん》♡

【著者】真下咲良《ましたさくら》

【発行所】株式会社二見書房
東京都千代田区神田三崎町2-18-11
電話　03(3515)2311[営業]
　　　03(3515)2314[編集]
振替　00170-4-2639
【印刷】株式会社　堀内印刷所
【製本】株式会社　村上製本所

落丁・乱丁本はお取り替えいたします。
定価は、カバーに表示してあります。

ISBN978-4-576-20153-5

https://honey.futami.co.jp/